LOCH LOMOND

Ungekürzte Taschenbuchausgabe

3. Auflage April 2024

©Thomas Ebeling

Bibliografische Information der

Deutschen Nationalbibliothek:

Die Deutsche Nationalbibliothek verzeichnet

diese Publikation in der Deutschen

Nationalbibliografie;

detaillierte bibliografische Daten sind

im Internet über www.dnb.de abrufbar

Coverbild: Alexandre François Desportes,

Déduché de cerf, huile sur toile 1719

Dépôt du Museé du Louvre au museé

de la Vénerie de Senlis, France

Photografie: ©Ch.Schryve

Entengehstock Original von Klaus Pitz

Covergestaltung: Orthen Design, Würzburg

Herstellung und Verlag: BoD – Books on Demand,

Norderstedt

ISBN: 9783755780137

ZU DIESEM BUCH:

Diese Geschichte vor historischem Hintergrund ist frei erfunden. Historische Personen wurden erwähnt, ihre charakterlichen Eigenschaften sind aber von mir angedichtet. Ihr Andenken sollte in keinster Weise beschädigt werden. Da ich verschiedene historische Quellen benutzte, kann es hier zu Ungenauigkeiten gekommen sein. Das Lied Loch Lomond besingt die Heimkehr zweier schottischer Soldaten nach der Niederlage bei Culloden 1745. Beide wurden gefangengenommen, einer zum Tode verurteilt, der andere freigelassen. Der eine, Hingerichtete, nimmt die »low road«, den Pfad des Todes und ist so früher am Ziel als der Überlebende auf der »high road«. Des weiteren singt der dem Tode Geweihte davon, seine Geliebte an den schönen Ufern des Loch Lomond niemals wiedersehen zu dürfen. Komponist und Autor sind leider unbekannt.

Auch der Weg von Ben und Molly führt sie in diesem fünften Teil nach Schottland, wo sie nun versuchen, endlich Ruhe zu finden. Doch reichen die Schatten der Vergangenheit auch bis hierher?

Thomas Ebeling

LOCH LOMOND

Novelle

FSC
www.fsc.org

MIX

Papier aus ver-
antwortungsvollen
Quellen
Paper from
responsible sources

FSC® C105338

HMS Fowey

Mit lautem Gepolter erwachte die schwere Ankerkette zum Leben. Insgesamt 18 Männer hatten sich mit aller Kraft in die Spaken des Gangspills gelegt, um mit Hilfe dieser großen, senkrecht stehenden Winde den tonnenschweren Anker der »HMS Fowey« aus dem Grund zu reißen. Es war früh am Morgen dieses Junitages 1776 in den Gewässern vor New York, wohin sich das Schiff mit dem letzten britischen Gouverneur von Virginia an Bord vor drei Monaten zurückgezogen hatte. Nun sollte sie die Reise zurück ins Mutterland antreten, zum einen, um überholt zu werden, zum anderen, um zu helfen, neue Truppen aus England herbeizuschaffen. In diesem Konflikt in den Kolonien musste ein Wendepunkt herbeigeführt werden, denn im Moment befand sich die britische Armee überall in der Defensive. Boston war genauso gefallen wie Virginia. Auch hier in New York waren die Loyalisten in der Minderheit, man ging davon aus, dass Washington die Stadt nun gegen die Briten befestigen wollte. In den anderen Kolonien Nordamerikas drohte ebenfalls die Niederlage. Nur in den nördlichen kanadischen Provinzen Québec, Nova Scotia und New Brunswick war die Lage stabil und die Bevölkerung loyal geblieben. Einen Angriff der Patrioten auf diese Provinzen hatte man erfolgreich abwehren können. Eigentlich hätte Lord Dunmore schon einen Monat früher diese Reise antreten wollen, doch wegen der anhaltenden Versorgungsengpässe hatte das Ausrüsten der Fregatte viel länger als geplant gedauert. Zudem hatte man noch auf zwei Passagiere gewartet, die gegen einen gefangenen amerikanischen Rebellenoffizier ausgetauscht worden waren. Dunmore selbst hatte darauf bestanden, diesen Austausch durchzuführen, denn es ging um eine Dame aus der anglo-irischen Aristokratie und ihren Mann, die man auf einer Plantage in Virginia gefangen gehalten hatte. Dunmore war diese Lady zwar unbekannt, er wollte es jedoch nicht riskieren, in England nicht nur als Versager dazustehen, sondern auch noch als ein Mann, der nicht alles getan hat, was in seiner Macht stand, eine Dame von hoher Geburt aus den Fängen der Rebellen zu entreißen. Natürlich würde er noch prüfen müssen, ob es sich bei besagter Dame nicht um eine Hochstaplerin handelte.

Jedoch, als Versager sah er sich nicht, in langen Erklärungen hatte er bereits nach England geschrieben, dass er nur durch Verrat, Untreue und fehlende Unterstützung die Gewalt über die Kolonie verloren habe. Seine einflussreichen Freunde und Beziehungen in London, deren er sich sicher sein konnte, hatten zudem dafür gesorgt, dass er den Titel des Gouverneurs von Virginia zeitlebens führen würde. Ob nun diese Kolonie noch zum britischen Empire gehörte, oder nicht, war dafür belanglos.

Seine Lordschaft befand sich nicht an Deck, als der Befehl zum Auslaufen gegeben wurde. Er saß gemütlich in seinem Bett und ließ sich eine erste Tasse Kaffee servieren. Später würde er vielleicht nach oben gehen, um einen letzten Blick auf die amerikanische Küste zu werfen. Aber eigentlich war ihm das egal. Er freute sich vielmehr, endlich nach Hause zu kommen und diese lästigen politischen Geschäfte einmal ruhen zu lassen. Sicherlich, er würde vor dem Parlament sprechen und seine Niederlage eingestehen müssen. Aber auch das würde er überstehen.

Zunächst ließ er sich einen Nachttopf bringen, denn wenn das Schiff erst einmal die geschützten Gewässer verlassen hatte, würde der Seegang diesen Vorgang und so vieles andere erheblich erschweren.

Die perfekt eingespielte Mannschaft der »Fowey« zeigte sich in bester Verfassung, alle Manöver liefen präzise wie ein Uhrwerk ab. Jahrelanger Drill, strengste Disziplin und unbedingter Gehorsam galten als Garanten des Erfolges der Royal Navy. Das hatten alle ihre Offiziere bereits als Kadetten und Anwärter verinnerlicht. Wer das nicht mit jeder Faser seines Seemannsdaseins lebte, hatte hier niemals die Chance auf Beförderung.

Die »HMS Fowey« war mit ihren beinahe 30 Jahren zwar eine etwas betagte, aber immer noch schnelle Fregatte 6. Ranges. Schiffe wie diese waren das Rückgrat der Royal Navy. Natürlich gab es die Linienschiffe, Zwei- und Dreidecker mit bis zu hundert Kanonen. Sie würden eine Fregatte wie die Fowey mit einer einzigen Breitseite vom Wasser fegen. Doch so einem Koloss würde man einfach davon segeln, oder ihn ausmanövrieren. Nur ein gezielter Treffer von hinten auf das Ruder und auch das größte Schiff konnte besiegt werden. Ausserdem waren diese großen Schiffe teuer in Anschaffung und Unterhalt, so dass die Marine in Friedenszeiten immer so viele davon wie möglich stilllegte. Doch nun, mit der Ausweitung des Konflikts in Amerika waren wieder einige in Dienst gestellt worden. Das Empire rüstete auf.

Hier, in den amerikanischen Gewässern, gab es jedoch keine ebenbürtigen Gegner für die Fregatten König Georges.

Nur die Franzosen hatten gleichwertige Schiffe aufzubieten. Ihr Eingreifen hätte aber einen großen Krieg in Europa nach sich gezogen.

Dunmore sah sich selbst bei dieser Fahrt nur als privilegierter Passagier. Zugegeben, sehr privilegiert. Er hatte seine Familie, seine Leibwache, bestehend aus 20 Highländern, seinen Stab und Entourage, insgesamt nocheinmal zehn Personen, dabei. Seinen Sekretär, Mr Price, seine Adjutanten, drei seiner Diener, den Koch und seine Gehilfen und Mr. Whiser, seinen Baumeister und gleichzeitig Lehrer seiner Kinder. Diesen schleppte er schon seit Jahren in der Welt mit sich herum, damit dieser Inspiration bekam. Er war ein Schüler von Sir William Chambers, dem berühmtesten Baumeister Englands. Er hatte für Dunmore schon einige repräsentative Bauwerke erstellt, unter anderem sein Sommerhaus bei Falkirk. Dorthin wollte Dunmore nun zurückkehren, um es zu vollenden.

Dunmore war auch ohne Gouverneursposten sehr reich und angesehen. Er kehrte nicht wie ein geschlagener Hund zurück nach England. Er sah sich eher wie einer der tragischen Helden im antiken Griechenland, die Reisen selbst waren das Ziel. Hatten sie nicht auch Königreiche erobert und wieder verloren, um am Ende zurückzukehren als wahre Helden?

Drüber sinnierte er bei seinem Morgengeschäft nach. Je mehr er sich an diesen Gedanken gewöhnte, desto mehr gefiel er sich darin. Schließlich kam das Schiff mehr und mehr in Bewegung und Dunmore rief nach seinem Diener, dass er ihn rasieren sollte. Auch dieser Vorgang würde in den nächsten Tagen und Wochen bestimmt nicht immer ohne weiteres möglich sein.

»Sieht man noch Land, Sparks?«, fragte er seinen Leibdiener.

»Oh, ja, Sir! Man sieht noch sehr schön die Küstenlinie achteraus«, gab dieser freundlich zurück. Er war schon so lange in Diensten des Lords, dass er jede, noch so kleinste Gefühlsregung seines Herrn kannte. Und in seiner Frage hatte Sparks sofort etwas Anspannung erkannt.

»Nun, dann beeil' Dich. Ich möchte einen letzten Blick auf diesen verfluchten Kontinent werfen! Und richte Lady Charlotte aus, dass ich mit ihr in einer Stunde frühstücken werde!«

Seine Frau, Lady Charlotte, logierte mit den Kindern in der geräumigen Heckkabine, die eigentlich dem Kapitän vorbehalten war. Dieser hatte sich gezwungenermaßen in eine Leutnantskabine begeben müssen, die Offiziere in die der Unteroffiziere. Dies hatte bis zu den niederen Rängen Folgen, sodass Maate wieder bei den einfachen Matrosen in den Logis vor dem Mast gelandet waren.

Etwa zehn Minuten später stand Sir John Murray, 4. Earl of Dunmore, an der Heckreling der Fregatte. Eine sanfte Dünung hob das Schiff auf und ab, während es durch die Seen glitt.

Wehmütig blickte der Lord achteraus. Ihn beschlich das Gefühl, dass er niemals wiederkehren würde. Immerhin hatte er viele Jahre in Williamsburg von seiner Residenz aus die Geschicke der Kolonie gelenkt. In den letzten fünf Monaten hatte er alles daran gesetzt, so schnell wie möglich wieder in Virginia Fuß zu fassen. Jetzt war er jedoch zur Überzeugung gekommen, dass dies nicht sein Weg war. Beinahe hätte er es ausgesprochen: Nur schnell weg!

»Eure Lordschaft, Sir? Verzeihen Sie, dass wir Sie hier so überfallen«, hörte er plötzlich eine Stimme hinter sich. Dunmore wandte sich um. Ihm gegenüber stand ein junger, groß gewachsener, schlanker Mann, Anfang zwanzig in einem schwarzen Gehrock, an seinem Arm eine etwa ebenso junge Dame, kleiner, aber sehr anmutig. Sie trug ein rosafarbenes Kleid und einen hellen Haubenhut, der am Kinn zusammengebunden war, um nicht vom Wind verweht zu werden. Der junge Mann hatte seinen Hut in die Hand genommen, er hatte rabenschwarzes langes Haar, das zwar im Nacken zusammengebunden war, aber in Strähnen im Wind flog. Beide erwiesen dem hohen Herren Ehrerbietung, er durch Verbeugung, sie durch einen Knicks.

»Was zum...«, wollte Dunmore schon beginnen, schließlich störten ihn die beiden jungen Leute in einem sehr emotionalen Moment. Doch Dunmore war ein beherrschter Mann. Zumal er sofort wußte, wer diese beiden waren.

»Ah. Misses Jenkins, Mr. Jenkins, nehme ich an? So lernen wir uns endlich kennen. Sie müssen verzeihen, dass ich Sie nicht früher empfangen habe. Die politischen Geschäfte, Sie verstehen? «

Benjamin war überrascht, dass Dunmore sich rechtfertigte. Das hätte er gar nicht tun müssen. Ein Mann in seiner Position rechtfertigte sich nicht. Er hatte seine Worte sorgsam vorher bedacht, denn von diesem Mann würde ihr weiteres Schicksal abhängen.

»Mylord, wir müssen uns entschuldigen. Wir haben uns noch nicht bedankt, dass Sie uns gerettet haben. Ohne Ihre Intervention hätte man uns niemals gegen Captain Payton ausgetauscht.«

»Ich bitte Sie, mein Lieber! Was ist denn so ein Sklaventreiber gegen eine Lady und einen Gentleman aus der Dubliner Society wert?«

Jetzt übertrieb Dunmore in Bens Augen gewaltig. Was hatte man ihm erzählt?

»Und Sie sind also die gebürtige Lady Morgana Harrington? Ich meine, die Schwester von Sir William Godfrey? Ich bin entzückt!«, drehte Dunmore jetzt auf. Er nahm Mollys Hand und deutete einen Handkuss an. Trotz des Windes bemerkte Molly sein Eau de Toilette. Es roch süßlich.

Sie bedankte sich:

»Zuviel der Ehre, Mylord. Ich muss Ihnen aber sagen, dass ich gar nicht von meinem Bruder...«

»Madame, das müssen wir ja nicht hier besprechen. Ich schlage vor, Sie heute Abend zum ersten Dinner auf See einzuladen! Bitte sagen Sie mir nicht ab! Lady Charlotte, meine Frau, wird sich freuen!«, fiel ihr Dunmore ins Wort.

»Das ist uns eine sehr große Ehre, Mylord! Wir kommen natürlich gerne«, übernahm nun Ben wieder und verneigte sich erneut, wohl wissend, dass der Lord sie beide nicht aus Menschenfreundlichkeit ausgelöst hatte. Sie mussten gut aufpassen, nicht zum Spielball der Herrschenden zu werden. Heute Abend konnten sie vielleicht ausloten, wie Dunmore Mollys Herkunft ausnutzen wollte.

Mit Empfehlungen an Lady Charlotte verabschiedete sich das Ehepaar. Sie mussten das Achterdeck verlassen. Hier an Bord eines Kriegsschiffes hatten sie nur sehr begrenzten Raum, sich zu bewegen. Das Schiff war überfüllt mit Menschen, die zurück nach England wollten. Die meisten davon waren letztendlich Kriegsflüchtlinge.

Es war alles anders als bei der Überfahrt im letzten Jahr. Keiner der Offiziere sprach sie an, ausser einem freundlichen, aber kurzem Gruß. Die Matrosen tippen sich zum Gruß bestenfalls mit dem Finger an Hut oder Mütze und senkten den Blick. Gleich zu Beginn hatte der Kapitän alle Passagiere gebeten, niemanden anzusprechen, der sich im Dienst befand. Auch den Offizieren und Mannschaften war dies befohlen worden, es sollte unbedingt Distanz zwischen den Mannschaften und den Passagieren gewahrt werden. Dennoch waren Ben und Molly privilegiert, sie galten als persönliche Gäste des Lords. Dieser Status sorgte für eine zusätzliche Unnahbarkeit. Vom ersten Moment an fühlte sich Molly isoliert.

»Man traut uns nicht, Ben. Niemand spricht mit uns. Als wären wir Luft!«

»Ja, es scheint so, Liebling. Aber das hier ist ein Kriegsschiff. Und die Navy ist bekannt für ihre eiserne Disziplin. Die Männer haben Befehl, uns in Ruhe zu lassen.«

»Das wird eine grauenvolle Überfahrt. Nur diese Lordschaften als Gesprächspartner? Wie langweilig.«

»Psst. Nicht so laut. Also, ich bin ganz zufrieden mit meiner Begleitung«, sagte Ben und sah Molly liebevoll an, »Dann sind wir wenigstens die meiste Zeit unter uns.«

»Benjamin Jenkins! Wir sind doch immer zusammen. Ich will auch mal mit anderen Leuten reden. Mich interessieren die Leute eben!«

»Andere Leute? Na, hier sind ja fast nur Männer!«

»Na und? Ich mag die Gesellschaft von Männern! Hast Du die Highländer gesehen?«

»Molly!«

Sie grinste. Sie wußte genau, wie sie Ben aus der Fassung bringen konnte und liebte es, damit zu spielen.

»Jedenfalls, ich bin gespannt auf Lady Charlotte. Sie soll sieben Kinder haben.«

»Aha? Ich habe nur drei gesehen. Und alle noch sehr klein.«

»Ich glaube, sechs, acht und zehn Jahre. Es wird sehr interessant werden, mit einer Frau zu sprechen, die schon so viele Geburten hinter sich hat.«

»Das stimmt. Und ich muss herausfinden, was Dunmore mit uns vorhat. Ich glaube nicht, dass er uns nur zum Vergnügen kostenlos nach England bringt.«

»England. Wie ist es da? Ich meine, warst Du schon einmal in London? Es muss eine der glänzendsten Metropolen der Welt sein!«

»Nein, Dublin ist die größte Stadt, die ich bisher sah. Aber ja, Du hast recht. Es muss wirklich eine faszinierende Stadt sein!«

Hummer

»Haben Sie schon einmal so ein stolzes Tier gesehen? Ich schätze diesen Hummer auf mindestens 8 Pfund. Ha! Sehen Sie nur diese gewaltigen Scheren! Ich werde diese Krustentiere vermissen in England. Was sind da schon diese mickrigen Flusskrebse gegen solch ein ..., ja, königliches Tier?«

Lord Dunmore ergoss sich geradezu in Lobreden über das Meerestier. Ben graute davor. Jetzt fehlte nur noch, dass der Lord ihm als seinem Gast die Ehre überließ das Ding zu zerteilen.

»Jenkins! Machen Sie uns die Freude, und zerlegen Sie dieses Untier! Ich nehme gerne etwas Fleisch aus der Schere!«, rief der Aristokrat, als könne er Gedanken lesen.

»Ich, äh, zu viel der Ehre, Sir.« stammelte Ben unbeholfen.

»Papperlapapp! Legen Sie los! Das Vieh darf nicht kalt werden. Fangen Sie an!«

Ben stand auf und nahm Messer und Gabel zur Hand. Er versuchte, die Gabel in die Schere zu stechen, doch er glitt am Panzer ab. Dunmore grinste. Ben war ihm in die Falle gegangen.

»Sir, wenn Sie erlauben?«, sagte Molly, stand auf und nahm sich des Tieres an. Durch jahrelange Erfahrung mit Meerestieren aller Art hatte sie den Panzer schnell geknackt und tranchierte geschickt das köstliche Fleisch.

»Ben? Bist Du so lieb und gibst mir die Teller? Lady Charlotte, möchten Sie etwas von der Schere, oder lieber von dem zarten Bauchfleisch?«

Dunmores Gesicht erhellte sich mehr und mehr.

»Lady Morgana, ich bin überrascht. Sie machen das, als hätten Sie im Leben nichts anderes getan. Wo haben Sie das gelernt?«

»Von meine Zieheltern, Sir. Sie lebten vom Muschel- und Fischfang. Auch Austern und Muscheln muss man knacken. Und dieser Bursche hier, Sir, ist auch nur ein Meeresbewohner mit harter Schale.«

»Ha! Sie gefallen mir! Wir sollten unsere Kinder auch in die Lehre von Fischern geben. Wissen Sie, ich bin auch ein Mann der Praxis, nicht nur der Theorie.«

Lady Charlotte bedachte die letzte Äußerung ihres Gatten mit einem sehr ernsten Blick.

»Ein Stück vom Bauchfleisch bitte, Mrs. Jenkins. Aber nur ein kleines. Ich mache mir nicht so viel aus diesen Krebsen.« Lady Dunmore vermied es, Molly mit »Lady« anzusprechen.

»Es ist ein Hummer, Liebste. Ein Hardshell Lobster. Der beste Hummer auf der bekannten Welt!«, sagte Dunmore nun etwas beleidigt.

Molly verteilte den Hummer an alle, auch den Kindern gab sie schöne Portionen ab.

»Und Du, Ben? Bauch, Schere oder Kopf?«, fragte Molly und lächelte ihren Mann an. Ben hasste alles, was aus dem Meer kam und einen Panzer oder eine Schale hatte. Auf der Platte lag noch eine ganze Schere und der Kopf des Tieres.

»Schere«, sagte er schmallippig. Insgeheim hatte er gehofft, dass nichts von dem Tier übrig bleiben würde. Aber es war einfach zu groß.

Molly zwickte mit der Hummerzange eine Schere ab und legte sie Ben mit Geklapper auf den Teller. Ungläubig starrte dieser das Teil an. Was sollte das? Wollte sie ihn hier vorführen. Hatte er sich nicht schon genug blamiert?

»So, jetzt zeige ich Dir, wie es am einfachsten geht. Sieh her!«

Molly nahm das Messer, zeigte Ben, wo er es ansetzen musste und deutete die Bewegung an, die er machen sollte. Ben tat, wie ihm gezeigt. Und tatsächlich, der Panzer knackte und gab das weiße Fleisch preis.

»Guten Appetit!«, sagte Molly.

»Ja, genau so! Lernen, indem man es tut!«, frohlockte Dunmore.

»Diener! Wo bleibt der Weißwein? Zum Hummer immer Weißwein, nicht wahr?«, rief er.

»Wie köstlich! Wenn man bedenkt, dass diese Tier vor einer Stunde noch gelebt hat! Nur die Art der Zubereitung ist doch etwas, … grausam.«, sagte der Lord und quetschte eine Zitrone auf seinem Hummerfleisch aus.

Ben horchte auf.

»Nun, Kinder? Wollt Ihr unseren Gästen nicht erzählen, wie man einen Hummer zubereitet? Ich glaube, Mr. Jenkins weiß das gar nicht!«, sagte der Lord nun zu seinen Kindern mit einem breiten Grinsen.

»Das weiß doch jedes Kind, Sir! Man kocht sie bei lebendigem Leib!«, rief der jüngste, Leveson.

Ben verzog das Gesicht. Mit einem großen Schluck spülte er er den Bissen hinunter.

Die Kinder lachten. Lord Dunmore tat es ihnen gleich und sogar Lady Charlotte lächelte milde.

Zum Fisch Weißwein, zum Wildbret Rotwein, zum

Dessert Port. Ben musste aufpassen, nicht die Kontrolle zu verlieren. Wenn das jeden Abend so ging, würde er zum Alkoholiker werden. Sogar die Kinder bekamen zum Abschluß des Abends vom süßen Portwein. Das gefiel Molly überhaupt nicht. Doch sie sagte zu Bens großer Erleichterung nichts, verzog nur eine Augenbraue. Sie selbst nippte nur an ihrem Weinglas und trank lieber Wasser.

Dunmore redete und redete. Eigentlich brauchte dieser Mann keine Gesprächspartner, denn er redete selbst ohne Unterlass. Er erzählte von seinen Feldzügen, von exotischen Menschen und Tieren, die er gesehen hatte. Vor allem aber erzählte er von seiner Leidenschaft für Botanik und seinen Gartenplänen in Schottland. Es war zwar nicht unbedingt langweilig, ihm zuzuhören, aber eben sehr einseitig. Dunmore fragte nie nach. Direkt nach dem Essen brachte Lady Charlotte die Kinder zu Bett und zog sich dann selbst auch zurück. Molly hätte gerne noch mit ihr gesprochen, aber die unterkühlte Art, welche die Adelige ihr gegenüber an den Tag legte, hatte sie sofort in die Schranken gewiesen. Niemals würde die uneheliche Tochter eines Lords die gleiche gesellschaftliche Akzeptanz erwarten können, wie eine echte Lady.

Als Ben und Molly am späten Abend in ihrer Koje

lagen mussten sie sich eingestehen, dass sie hier bestenfalls Statisten waren. Nur so lange sie für Dunmore und seine Familie von Nutzen waren, würde man sie unterstützen.

Alle ihre Pläne und Ziele waren dahin, die Anstellung Bens bei den Paytons genauso wie Mollys Geschäftsidee mit den Nachttöpfen, die sie in Jamestown zurücklassen hatte müssen.

Finanziell stand das Ehepaar vor dem Abgrund. Nur noch wenige Goldmünzen waren übrig, insgesamt 12 Pfund. Es hätte nicht einmal für die Überfahrt gereicht.

»Du wirst sehen Ben, dieser Dunmore verlangt am Ende das Geld für die Überfahrt zurück.«

»Wie kommst Du darauf, Molly? Bisher hat er nichts davon gesagt. Er hat doch genug Geld. Er wird gar nicht merken, nochmal für 2 Personen mehr die Fahrt zu bezahlen.«

»Oh, Ben! Manchmal denke ich, Du lebst in Deiner eigenen Welt. Der Mann ist Schotte! Vergiss das nicht!«

Segel am Horizont

»Was soll das heißen, sie könnte eine meiner Zofen werden? Ich brauche keine weitere! Außerdem sind für solche eine Tätigkeit bestimmte Voraussetzungen und eine gewisse Bildung notwendig. Gut, hübsch ist sie. Aber sie ist verheiratet! Sie hat wenig Stil und Geschmack, wenn Du mich fragst. Wie soll sie eine Lady im Bezug auf Kleidung und Schmuck beraten? Ausserdem sollte sie ein gewisses Unterhaltungstalent besitzen. Witz, Verstand und Bildung, verstehst Du? Auch ein gutes Benehmen, Taktgefühl, Bescheidenheit, ein würdiges Auftreten. Das sehe ich bei dieser Dame nicht! Sie ist, was sie ist! Ein dahergelaufener Bastard aus der Gosse!«

Je länger Lady Charlotte redete, desto wütender wurde sie. So eine unausgegorene Idee. Molly Jenkins als Kammerzofe einstellen. Doch sie besann sich, nicht die Contenance zu verlieren. Sie atmete tief durch und brachte ruhig, aber bestimmt ihren Einwand zu Ende.

»Nein, John. Ich kann es mir leider beim besten Willen nicht vorstellen, Mrs. Jenkins als Zofe einzustellen. Du musst schon eine andere Idee haben, wie wir diese Leute bei uns unterbringen, ohne dass es Aufsehen erregt.«

Sir John hatte schon damit gerechnet, das seine Frau mit seinem Vorschlag nicht einverstanden sein würde. Doch so richtig Rat wußte er nun nicht. Es saß in dem bequemen Sessel in der Kapitänskajüte und hörte seiner Frau zu. Sie war, wie immer, wenn sie erregt war, bei ihrer Rede herumstolziert. Dabei hatte sie die Fäuste in die Hüften gestemmt und ihre Absätze machten bei jedem Schritt ein lautes Klacken, was die Brisanz ihres Vortrages noch unterstrich.

»Also gut, meine Liebe, ich sehe es ein. Meerestiere knacken zu können gehört nicht zu den Kernkompetenzen einer Zofe. Aber bitte, mach' Du mir doch einen Vorschlag, was wir mit den beiden anstellen sollen. Jenkins soll ein passabler Buchhalter sein, aber ich vertraue ihm nicht. Ausserdem habe ich bereits gute Leute für diese Aufgabe. Ihm Einsicht in meine Finanzen und Geschäfte zu geben, wäre mehr als fahrlässig.«

»Wie sieht es mit seiner Bildung aus? Er könnte die Kinder unterrichten. Dein Baumeister, Mr. Whiser mag ja hoch gebildet sein, aber er hasst Kinder. Und er war bisher nicht fähig, ihnen etwas vernünftiges beizubringen.«

»Na, das lässt sich während dieser Überfahrt doch hervorragend überprüfen. Jenkins hat die antiken Philosophen studiert. Wenn er in der Lage ist, den Kindern etwas davon zu vermitteln, wäre das doch sehr gut.«

»Und dazu noch rebellische Ideen? Wir müssen genau aufpassen, was dieser Mann da von sich gibt. Sonst haben wir die Revolution im eigenen Haus!«

»Diese Aufgabe könnte wiederum Mr. Whiser übernehmen!«, grinste Dunmore, »Er wird bei den Unterrichtsstunden dabei sein und uns Bericht erstatten.«

Gegen Mittag des folgenden Tages ließ Dunmore Ben zu sich kommen. Der Lord verstand es sehr gut, Ben sein Stellenangebot schmackhaft zu machen. Ben bat darum, sich mit Molly besprechen zu dürfen, wußte aber wohl, dass er dieses Angebot nicht abschlagen konnte. Ausserdem eröffnete es seiner Frau und ihm wieder eine Perspektive für die nächste Zeit. Privatlehrer im Hause eines Lords zu sein, war nicht schlecht. Im Gegenteil. Es würde seinem eigenen Interesse, weiter Studien zu betreiben, sehr entgegen kommen.

Dunmore lächelte milde, als Ben um Bedenkzeit und die Gelegenheit zur Beratung mit Molly ersuchte.

»Das habe ich erwartet, Mr. Jenkins. Schließlich bin ich auch schon 17 Jahre verheiratet. Und auch meine Ehefrau ist mir stets ein guter Berater.«

Ben war über dieses Bekenntnis etwas verwundert. Ein Gouverneur und Oberbefehlshaber, der seine Frau um Rat fragt? Ben glaubte Dunmore kein Wort.

»Ah, ja, Sir, das ist doch sehr schön..., äh, kann ich mich,... entfernen, Sir? Ich gebe Ihnen noch heute Bescheid.«

Dunmore winkte ihn weg. Das hatte geklappt. Jenkins hatte gar keine andere Wahl. Und er wußte, dass Lady Charlotte mit Argusaugen über ihn als neuen Lehrer wachen würde.

Sein Grinsen wurde durch einen Alarm beendet.

»Segel in Sicht! Mehrere Schiffe!«

Kapitän Montagu ließ die Fregatte sofort klar zum Gefecht machen. Die Passagiere mussten umgehend in die untersten Decks. In allen Quartieren wurden die Trennwände entfernt und die Kanonenbesatzungen machten ihre Geschütze gefechtsbereit. Trotzdem kam keine Hektik oder ein Durcheinander auf. Die Männer arbeiteten genau und präzise. Nach wenigen Minuten waren alle Mann auf den Gefechtsstationen, Munition und Waffen verteilt, die Kanonen geladen und ausgerannt worden, die Lunten brannten. In der Messe stand der Schiffsarzt mit seinen Helfern auf ausgestreutem Sand bereit, die ersten Verletzten zu versorgen. Es war gespenstisch still. Nur ein kurzer Befehl würde die Decks innerhalb von Sekunden in eine lärmende, feuerspuckende Hölle verwandeln.

Lord Dunmore wollte sich das allerdings nicht entgehen lassen, schließlich konnte ihm nicht einmal der Kapitän befehlen, was er zu tun oder zu lassen hatte.

Er schlüpfte in seinen Uniformrock und ging an Deck. Die Sicht war gut und der Wind kam aus Süden. Der Kapitän und seine Offiziere standen auf dem Vorschiff und hatten ihre Fernrohre auf den Horizont gerichtet. Dunmore machte sich auf den Weg zu ihnen.

»Captain Montagu! Was ist hier los? Warum lassen Sie Gefechtsbereitschaft anschlagen?«, fragte er den Kommandeur.

»Sehen Sie selbst, Eure Lordschaft«, sagte dieser und hielt ihm sein Fernrohr entgegen.

Dunmore traute seinen Augen nicht. Nicht nur ein oder zwei Schiffe kamen ihnen entgegen. Es mussten mindestens 100 sein. Je länger er schaute, desto mehr wurden es. Und es war klar, es handelte sich um Kriegsschiffe.

»Nun, mein Lieber, das ist wohl die größte Armada seit Drakes Zeiten!«, rief er laut. »Sie können die Kanonen wieder einfahren. Das ist die Royal Navy!«

Der Kapitän nickte.

»Unsere, Sir? Sie meinen, die gesamte Royal Navy?«, fragte einer der Kadetten. Dafür erntete er einen strengen Blick von seinem Vorgesetzten. Aber Lord Dunmore gab sich gnädig.

»Ein großer Teil davon, mein Junge! Sie werden die Rebellen aus New York vertreiben. Und sie werden die Kolonien zurückgewinnen. Jawohl, Sir! Auf diesen Schiffen sind 25000 Mann unterwegs, um Washington und seiner verräterischen Bande in den Hintern zu treten!«

»Zu schade, dass wir nicht dabei sind, Sir!«, sagte nun Montagu.

»Ja, Captain! Aber ich habe andere Pläne. Trotzdem ist eine Genugtuung, diese Flotte sehen zu dürfen. Sie ist unbesiegbar!«, gab Dunmore triumphierend zurück.

Dunmore reichte dem Schiffsführer sein Fernrohr. Sein Laune war jetzt noch besser. Es tröstete ihn etwas über den Verlust seines Postens hinweg, dass man sich im Parlament entschieden hatte, nun endlich alles in die Waagschale warf, um diesen Krieg schnell zu beenden. Aus sicherer Quelle wußte er, dass General

Burgoyne von den kanadischen Provinzen aus in einem Sichelschnitt die Kolonien durchtrennen und nach Süden vordringen würde. Seiner Streitmacht von 10.000 erfahrenen Soldaten konnte sich keine Rebellenmiliz entgegenstellen. Die Rotröcke würden alles niedermachen, was ihnen in den Weg kam.

Aber noch musste er diese Informationen für sich behalten. Nicht einmal hier an Bord einer britischen Fregatte war man vor Spionen sicher. Die Küste war noch in Reichweite, mit einem kleinen Boot, nachts ausgesetzt, würde sie jeder Seemann erreichen können. Wenn Dunmore eines gelernt hatte, dann niemandem zu trauen. Selbst seine Frau wußte nichts von den geheimen militärischen Plänen, damit sie sich nicht aus Versehen verplapperte.

Dunmore ging auf das Achterdeck und ließ sich dort Kaffee servieren. Er würde an diesem Nachmittag durch die größte Flotte, die die Welt je gesehen hatte, hindurchfahren und es wie einen Spaziergang genießen.

Der Lehrer

Die Tage der Überfahrt verliefen ruhig. Das Wetter hielt, auch wenn der Seegang auf dem Atlantik zum Teil für Ungemütlichkeit sorgte. Molly wurde nur leicht seekrank, sie entwickelte aber, immer wenn es ihr wieder besser ging, einen immensen Appetit. Ben gab nun jeden Tag zweimal Unterricht in Englisch, Mathematik, Arithmetik und Philosophie. Mr. Whiser war stets dabei und beobachtete ihn. Es machte Ben trotzdem großen Spaß, denn die Adelssprösslinge waren aufgeweckt und stellten kluge Fragen. Ben versuchte, auch den jüngsten der drei bei Laune zu halten und dachte sich jeden Tag neue Rätsel für ihn aus. Wenn er es nicht knacken konnte, führte er ihn langsam zur Lösung hin, denn nach Bens Verständnis war es besser, wissen zu wollen, als Wissen eingetrichtert zu bekommen. Auch Molly wohnte vielen Unterrichtsstunden als stille Zuhörerin bei. So konnte auch sie ihre Kenntnisse erweitern. Von Ben als Lehrer war sie begeistert.

Ben war schockiert, als Whiser ihm sagte, er solle ruhig auch prügeln, wenn die Kinder nicht bei der Sache wären. Seine Lordschaft habe dies ausdrücklich erlaubt. Ben tat dies nicht, er wertete Unaufmerksamkeit der Schüler eher als Produkt eines schwachen Unterrichts. Ausserdem traute er diesem Baumeister nicht über den Weg. Als jedoch sogar Lady Charlotte die Vorzüge der Züchtigung erläuterte, widersprach Ben.

»Mylady, ich glaube nicht, dass man einen Menschen zwingen kann, etwas zu wollen, was er nicht kann oder nicht für wichtig hält. Ich bin mir sicher, wenn ich den Kindern erklären kann, wozu sie, sagen wir, den Satz des Pythagoras brauchen und sie verstehen, dass er ihnen nützlich sein kann, dann werden sie ihn gerne und spielerisch lernen.«

»Man sieht schon, dass Sie kein gelernter Pädagoge sind. Ihre Methoden sind, gelinde gesagt, fragwürdig. Aber mein Mann genießt Ihr Vertrauen. Wir werden sehen, was die Kinder während dieser Überfahrt lernen. Sehen Sie es als Probezeit. Aber seien Sie sich einer Sache gewiss: Wir alle müssen uns am Ende an dem messen lassen, was wir geschafft haben!«

Ben sagte dazu nichts mehr, jede weitere Bemerkung verbot sich von selbst. Er reagierte nur mit einer Verneigung.

»Gewiss, Mylady!«

Die Tage vergingen wie im Flug, schon sehr bald verkündete der Kapitän, dass er in zwei Tagen erwartete, Land zu sichten. Und tatsächlich tauchte wie auf Geheiß am übernächsten Tag eine Insel am Horizont auf. Sie gehörte zu den Scillys.

»Meine Glückwunsch, Captain! Hervorrage Navigation! Das ist wahre Seemannschaft. Auf die Offiziere der Royal Navy ist eben Verlass! Ich werde Sie an höherer Stelle empfehlen!«, lobte Dunmore den Schiffsführer lautstark. Dieser nahm dankend an und verneigte sich.

»Ihr Diener, Sir. Ich tue nur meine Pflicht!«, sagte er etwas errötend.

Ben schätze den Mann auf höchstens 30 Jahre. Sehr jung für einen Kommandanten. Aber der Mann schien fähig zu sein, sonst hätte man ihm nicht ein Fregattenkommando angetragen. Ein Krieg wirkte zudem immer beschleunigend auf die Karrieren der Offiziere.

An diesem Abend gab es Rum für die Mannschaft und Molly und Ben hörten den Seemännern zu, wie sie ihre Shanties sangen. Auch das Lied über die Spanish Ladies war wieder dabei, das Sie schon kannte.

»Hier schließt sich der Kreis. Würde das Schiff jetzt nach links abbiegen, wären wir in einem Tag in Dublin. Aber wir werden direkt nach Southampton gehen, von da aus mit der Kutsche nach London. Danach will uns Sir John mit nach Airth nehmen, seinem Sommersitz. Dort kann ich weiter als Lehrer arbeiten. Ich hätte nicht gedacht, dass es mir so großen Spaß machen würde, Kinder zu unterrichten. Fast habe ich das Gefühl, es ist eine Berufung.

»Ben ich habe auch gute Neuigkeiten! Ich wollte es noch nicht sagen, aber bestimmt hast Du bemerkt, dass ich zugenommen habe.«

»Ja, und es steht Dir gut, Liebling. Ich freue mich über Deinen guten Appetit.«

»Ich habe auch vermieden, Wein zu trinken, denn das ist nicht gut, hat Rose gesagt.«

»Womit sie recht hat! Die gute Rose! Wir haben ihr so viel zu verdanken.«

»Ben, du kapierst es noch nicht, oder?«

Ben stutzte. Er war tatsächlich gedanklich etwas abwesend. Trotz allem hatte er Sorgen wegen ihrer Zukunft.

»Was?«

»Ich bin wieder schwanger!«

»Du..., bist Du sicher? Seit wann weißt Du es? Oh,

dann warst Du gar nicht seekrank? Warum sagst Du es erst jetzt?«

»Machst Du mir jetzt Vorwürfe, Benjamin Jenkins? Na, das fehlt mir noch!«, gab Molly etwas beleidigt zurück.

Doch Ben sprang auf die Reling, kletterte ein Stück an den Wanten hoch und rief so laut er konnte:

»Ich werde Vater! Wir bekommen ein Baby! Ich bin der glücklichste Mann der Welt!«

Dabei schwenkte er seinen Hut, juchzte und rief es immer wieder.

»Habt Ihr gehört, Ihr Salzbuckel? Ich werde Vater!«

Die anwesenden Matrosen applaudierten und gratulierten Molly. Dieser war es sehr peinlich. Doch sie war auch sehr stolz auf ihren jungen Mann, der jedesmal einen Ausweg aus ihren Problemen gefunden hatte.

Spithead

»Dunmore schickt uns direkt nach Edinburgh. So werden wir London leider nicht sehn, Molly. Gerade hat er mit gesagt, dass wir mit Mr. Whiser, den Kindermädchen und einem Teil seiner Leibwache sofort nachdem wir Southampton erreicht haben, weiterfahren sollen. Womöglich wieder mit dem Schiff. Es ist der schnellste und einfachste Weg. Er und Lady Charlotte werden zuerst beim König vorsprechen und erst später nachkommen. Aber ehrlich gesagt, das habe ich mir schon gedacht. Es wäre wohl auch viel zu teuer, die gesamte Entourage in London unterzubringen.«

Am Abend erreichten sie Portsmouth. Im Spithead, der Meerenge zwischen Festland und der Isle of Wight, dem größten Kriegshafen Englands, herrschte reger Betrieb.

»Aufgrund seiner Lage ist das Spithead gegen Winde aus fast allen Richtungen geschützt. Ich neige fast dazu zu sagen, dass es ein Geschenk Gottes an uns als seefahrende Nation zu sehen ist.«, sagte Dunmore zu Ben, als sie in der Nähe des Hafens vor Anker gingen.

»Bedauerlicherweise müssen wir in Booten übersetzen und auch so unsere Ladung löschen. Das wird einige Zeit dauern. Wir nächtigen morgen in der Stadt, und Sie warten hier auf die Weiterfahrt. Ich werde mit Lady Charlotte unverzüglich nach London weiterreisen.

»Wissen Sie schon, wie lange Sie in London verweilen werden, Sir?«

»Nicht länger als nötig, Jenkins. Aber da ich zum Palast bestellt bin, kann ich weder sagen, wie lange ich auf eine Audienz warten muss, noch was danach geschieht. Wenn es nach mir geht, möchte ich noch einen Sommermonat in Airth verbringen.«

Dunmore war heute anders, wirkte fast melancholisch. Ben sagte nichts, er ließ Dunmores Worte wirken. Der ansonsten nie abebbende Redeschwall des Adeligen schien heute versiegt, er blickte auf den Hafen und die Küste, als könnte er dort seine Zukunft lesen. Doch was hatte er schon zu befürchten? Kannte auch ein Lord Existenzängste? Ben konnte es sich kaum vorstellen.

»Sie sind so schweigsam, Jenkins«, durchbrach der Lord die andächtige Ruhe. »Was bewegt Sie?«

»Nun, Sir, ich habe gerade über die nächsten Stunden des Unterrichts für die Kinder nachgedacht. Ich bin der Meinung, man könnte auch Botanik und Landwirtschaft als Unterrichtsfächer einbringen.«

»Da stoßen Sie bei mir auf offene Ohren! Aber diese Fächer möchte ich höchstselbst unterrichten. Sie wissen, daß Botanik mein Steckenpferd ist?«

»Mr. Whiser hat es erwähnt, Sir. Nun, dann werde wohl ich selbst auch zum Schüler in diesem Fach. Auch unser allergnädigster König ist bekanntermaßen ein großer Freund der Natur und der Landwirtschaft.«

»Das ist richtig, Jenkins. Seine Reformen haben der Landwirtschaft Englands auf die Sprünge geholfen, ohne Zweifel!«

Das Schiff hatte seine Fahrt verlangsamt und alle Mann waren an Deck angetreten. Dumores Standarte war gesetzt worden.

Ben wollte gerade noch eine Frage stellen, aber er wurde von Kanonenschüssen unterbrochen. Ben zuckte unweigerlich zusammen.

»Bei Gott! Werden wir angegriffen?«

Dunmore lachte.

»Salut, mein Lieber. Sie vergessen, dass Sie neben

einem Gouverneur und Stellvertreter des Königs stehen!«

Schottland

»Ich froh, nun endlich diese drangvolle Enge verlassen zu haben. Man sitzt mit den Gemeinen zusammengepfercht und tut sich schwer, Distanz zu halten. Diese Leute meinen schon, sie könnten sich mit uns anfreunden, nur weil sie nur wenige Zoll neben uns wohnen. Das war meine letzte Seereise, John. Das schwöre ich!«, sagte Lady Charlotte, als sie mit ihrem Mann die »Fowey« verlassen hatte.

»Gewiss meine Liebe. Das sagst Du übrigens jedes Mal.«

»Dieses Mal ist es mein Ernst!«

»Nun gut. Ich denke, wir haben ganz andere Sorgen. In London werde ich um Audienz bei Farmer George ersuchen. Ich hoffe er lässt mich nicht zu lange warten.«

»John, bitte sprich nicht so über den König. Wir sind immer und überall unter Beobachtung!«

»Schon gut. Ich glaube, der König wäre stolz auf

diesen Titel. Also bringen wir es hinter uns! Danach will ich aber so schnell wie möglich nach Hause!«

»Aber, John! Wir müssen unsere älteste Tochter in die Gesellschaft einführen. Catherine ist 16! Wir können nicht noch ein Jahr warten. Ich möchte, dass sie umgehend aus Schottland nach London gebracht wird!«

»Das wird nicht nötig sein, denn ich habe schon einen geeigneten Bräutigam für sie. Ich denke, Edward Bouverie, Sohn des 1. Earl of Radnor wird einen hervorragenden Ehemann abgeben!«

»Wie? Und das hast Du ohne mein Wissen ausgeheckt? Ich fasse es nicht!«

»Er ist reich, die Mitgift überschaubar. Wo ist Dein Problem?«

»Ich hatte gehofft, sie in London in höchster Gesellschaft zu positionieren!«, schnaubte die Lady wütend.

Doch Dunmore ließ sie abtropfen. Er blickte einfach stur hinaus auf die See und verschränkte die Arme vor der Brust. Erst nach einigen Minuten beleidigten Schweigens ihrerseits sagte er zu ihr:

»Du bist einfach ein hoffnungsloser Fall, Lottie!«

Es dauerte Tage, die nötigen Kutschen und Fuhrwerke bereitzustellen, mit denen der Gouverneur und sein Gefolge nach London fahren konnte. Der Juli neigte sich schon dem Ende zu und Dunmore fürchtete, Schottland erst im Herbst zu erreichen.

Nicht weniger lange war die Wartezeit für Molly und Ben, sie bekamen Logis auf einem Frachter, der Kohlen aus Schottland hier hergebracht hatte und sich nun auf den Rückweg nach Edinburgh machte. Es war das schmutzigste Schiff, dass Ben jemals gesehen hatte. Er vermutete, dass Dunmore hier richtig Geld gespart hatte. Ausserdem mussten sie für die Verköstigung an Bord selbst zahlen. Der einzige Lichtblick war die Aussicht auf eine relativ schnelle Reise bei gutem Wetter.

»Was bedeutet eine schnelle Reise, Mr. Cobbs? Ich meine, schnell ist relativ schnell?«, wollte Ben gleich zu Beginn der Fahrt vom Kommandanten wissen.

»Wie meinen Sie das, Sir?«, fragte der Skipper des kleinen Dreimasters.

»Nun, wie lange brauchen Sie normalerweise für die Reise?«, formulierte Ben die Frage anders.

»Ne' Woche. Mal länger, mal kürzer. Kommt darauf an.«

»Aha. Und worauf?«

Ben hasste solche Konversationen.

»Wind, Wetter, Strömung, und so. Auch auf die Jahreszeit.«

Ben gab es auf. Molly grinste. So ein Mann wie der Skipper war genau die Art von Mensch, mit der Molly am besten konnte.

»Sagen Sie mal, Mr. Cobbs, Sie kommen doch aus Edinburgh, oder? Gibt's auch eine Mrs. Cobbs?«, übernahm sie nun die Initiative.

»Na klar! Und sie fast so schön wie Sie, Madame!« grinste Cobbs zahnlos.

»Na, Sie sind mir einer!«, sagte Molly, drehte ihren Sonnenschirm wie einen Propeller und spielte die Verlegene, »Und was haben Sie zu Mrs. Cobbs gesagt, wann Sie nach Hause kommen?«

»Montag in einer Woche, Missie. Aber vielleicht auch schon am Sonntag.«

»Na, so ein Sonntag bei der Familie wäre doch toll, oder?«

»Sie sagen es, Madame. Aber das Schiff ist halt schon alt, und der Eigner will nicht, dass wir unter Vollzeug laufen. Bei diesem Wetter bleichen die Segel aus und werden schlecht. Der Mann ist sehr geizig.«

»Aha. Und herzlos, wie mir scheint. Sonst könnten Sie ja schon am Samstag zu Hause sein, oder?«

»Leicht! Wir haben kaum Fracht und wenig Tiefgang. Wir könnten schon, wenn wir wollten.«

»Wissen Sie, Mr. Cobbs, ich halte Sie für einen guten Seemann. Einen Mann der Tat. Und ich könnte mir vorstellen, dass es sich für Sie rentiert, schnell zu sein. Schließlich ist der Eigner nicht da. Und somit kann er ja nicht beurteilen, wie stark die Sonne auf die Segel scheint.«

»Hm. Da ist was dran, Mrs. Jenkins!«, sagte Cobbs mit einem breiten Lächeln, »Na gut, weil Sie es sind. Ich lasse alle Segel setzen!«

»Wunderbar, Mr. Cobbs. Auch mein Baby wird sich freuen, bald wieder an Land zu kommen.«

Cobbs war wie ausgewechselt. Er schwang sich nach vorne und rief seinen Männern Kommandos zu. Molly lächelte und Ben schüttelte den Kopf.

»Was soll das heißen, Du könntest Dir vorstellen, dass es sich rentiert? Willst Du ihm eine Prämie geben?«

»Ben, Du bist und bleibst ein schlechter Geschäftsmann! Wenn wir zwei Tage sparen, sparen wir auch zweimal die horrenden Kosten für diesen Schiffsfraß. Somit können wir die Verköstigung für einen Tag ohne weiteres als Prämie für den Mann auszahlen, verstehst Du? Wir sparen und er hat was davon.«

Ben nickte bewundernd. Molly war wirklich geschäftstüchtiger als er.

Die Fahrt verlief ohne weitere Zwischenfälle. Bereits am Samstag der darauffolgenden Woche erreichten sie den Hafen von Edinburgh im Süden des Firth of Forth, dem weitreichenden breiten Mündungstrichter des Flusses Forth. Von dort aus sollte es über Landstraßen weiter in Richtung Norden nach Falkirk, und schließlich nach Airth, zum Stammsitz Lord Dunmores gehen.

Von der schottischen Hauptstadt sahen die beiden nur wenig, Mr. Whiser hatte darauf bestanden, sofort weiterzureisen. Mit dem Schiff wäre das vor etwa vierzig Jahren noch gegangen, aber der einstmalige Handelsplatz und Hafen von Airth war während des Jakobitenaufstandes zerstört worden und hatte nie mehr seine alte Bedeutung erlangt. Kaum ein Schiff fuhr dort noch hin. Wieder hätte es tagelanges Warten bedeutet, per Boot von Edinburgh hierhin zu kommen.

So reise man gemütlich langsam über Land, was hier im Sommer sehr angenehm sein konnte, wenn das Wetter es zuließ. Nach einem weiteren Tag erreichten sie schließlich Dunmores Sommersitz. Ein großzügiges Schloss, beinahe wie eine Burg gebaut, lag inmitten einer parkähnlichen Landschaft. In diesem Park sahen sie Hirsche weiden, die seine Lordschaft hier züchten ließ.

»Die Landschaft hier ist angelegt. Bereits der Vater seiner Lordschaft hat vor fast fünfzig Jahren hier begonnen, die gesamte Gegend zu gestalten. Hier ist kein Baum und keine Wiese Zufall«, referierte Mr. Whiser. Er sei ebenfalls an der Fortführung dieser gestalterischen Arbeiten beteiligt gewesen, wenn auch nur in geringem Umfang.

»Aber das großartigste Bauwerk werde ich Ihnen morgen zeigen!«, sagte er mit geheimnisvollem Ton. Er hoffte auf eine neugierige Mrs. Jenkins, die ihn nun löchern sollte.

»Aha. Nun, dann ist es ja gut. Ich bin jetzt doch sehr müde und möchte mich nur noch ausruhen!«, sagte diese aber zu seiner großen Enttäuschung.

Nur wenig später hatten sie das palastähnliche Gebäude erreicht. Die gesamte Dienerschaft kam, um sie in Empfang zu nehmen, alle waren sehr freundlich und hilfsbereit. Vor allem Molly hofierte man, als sei sie Lady Dunmore selbst. Ben mutmaßte sofort, dass dieses Verhalten von Dunmore vorab per Bote befohlen worden war.

Sie wurden in einen sehr großen Saal geführt, der mit einer unübersichtlichen Zahl von antiken Gegenständen wie Ritterrüstungen, Wandteppichen, Bilder, Möbeln aller Größe und Waffen geschmückt war, und in dessen Mitte eine lange Tafel stand. Zu beiden Enden des Saales befanden sich große, offene Kamine, die allerdings wegen der sommerlichen Wärme nicht in Benutzung waren. In der Luft hing dennoch der Geruch von Holzkohle. Wenn man von draussen aus der Sonne kam, fröstelte man, am Abend würde dieser Raum ohne Feuer sicherlich immer kühl sein.

Molly stellte sich sofort die Gänsehaut auf, als sie eintrat. Als der Hausdiener bemerkte, dass sie fror, versprach er umgehend das Befeuern der Kamine zu veranlassen.

Am Abend, als sie zusammen mit den Kindern, der Gouvernante Mildred und Mr. Whiser in dem Raum dinierten, war die Stimmung etwas gedrückt. Das Fehlen des Hausherren machte es etwas schwierig, sich zu unterhalten, da weder Whiser noch Mildred Ben und Molly über den Weg trauten. Als habe der jüngste Sohn des Lords das erkannt, über nahm er einfach die Rolle des Gastgebers.

»Mrs. Jenkins, Mr. Jenkins! Ich heiße Sie im Namen meiner Familie hier auf Schloss Dunmore willkommen! Mögen Sie glückliche Tage hier verbringen! Ich werde Ihnen nachher noch gerne alle Zimmer des Schlosses zeigen, denn ich kenne sie wie meine Westentasche!«

Dabei war er aufgestanden und hatte feierlich sein Glas erhoben.

»Lev! Sei still! Du warst 3 Jahre alt, als Du das letzte Mal hier warst! Du würdest Dich verlaufen.«, sagte seine drei Jahre ältere Schwester Susan. Auch die achtjährige Augusta warf ihrem kleinen Bruder ernste Blicke zu.

Doch Ben stand auf, erhob ebenfalls sein Glas und bedankte sich förmlich. Dann ließ auch er die Gastgeberfamilie hochleben und beendete seine kurze Ansprache mit einem Toast auf den König. Die Kinder und Molly sprachen ihm nach:

»Auf den König!«

Etwas düpiert taten es ihnen auch die Gouvernante und der Baumeister gleich.

»Ausserdem hat Mr. Whiser gesagt, dass es hier spukt!«, griff Susan die Unterhaltung von vorhin wieder auf.

Whiser verschluckte sich an seinem Wein. Er hustete. Die Gouvernante rief die Kinder zur Ordnung:

»Sir Leveson, Lady Susan, Lady Augusta! Ich muss doch sehr bitten! Sind das die Früchte Ihrer Erziehung, Mr. Jenkins? Die Kinder waren früher nicht so,... vorlaut!«

»Nun, ist das so?«, fragte Molly amüsiert, als habe Mildred eben gar nichts gesagt, »Spukt es hier wirklich?«

»Das sagt man kleinen Kindern eben so, damit sie sich fürchten und nachts nicht in der Gegend herumlaufen, Mrs. Jenkins. Das liegt doch auf der Hand!«, sagte nun Leveston mit ernster Mine.

Molly musste lachen. Auch Ben und Mr. Whiser konnten sich ein Schmunzeln nicht verkneifen. Doch Mildred war alles andere als begeistert.

»Also, ich muss schon sagen! Kommt das von Ihnen, Mr. Jenkins? Das werde ich seiner Lordschaft aber melden müssen!«

»Mitnichten, meine Liebe! Ich höre das zum ersten Mal!«, gab Ben gelassen zurück. »Sir Leveston, woher haben Sie diese Weisheit?«

»Von meiner Schwester. Sie hat es gesagt, damit ich keine Angst zu haben brauche. Denn Angst macht dumm!«

»Interessanter Ansatz, Eure Lordschaft! Wir werden morgen versuchen, herauszufinden, was die alten Philosophen über die Angst erzählen«, sagte Ben feierlich.

»Aber dann geht's zur Ananas!«, rief Leveson begeistert.

»Welche Ananas?«, fragte Ben verdutzt. Doch der

Junge hielt sich den Mund zu und blickte reumütig zu Mr. Whiser.

»Nun, Sir, das ist meine Überraschung!«, fügte der Baumeister mit einem überheblichen Grinsen hinzu.

Gartenkunst

Am nächsten Morgen besuchten Ben und Molly zusammen mit den Kindern der Lordschaften, der Gouvernante Mildred und dem Baumeister Whiser die ausgedehnten Garten- und Parkanlagen auf Lord Dunmores Besitz.

Ben war überrascht, wie viele Bedienstete sich hier um die Pflege der Landschaft und der Gärten kümmerten. Dieser Personalaufwand alleine musste Dunmore jährlich ein riesiges Vermögen kosten. Von wegen ein geiziger Schotte!

Als sie schließlich in die ummauerten Gärten kamen, staunten sie nicht schlecht. Überall blühte und grünte es, als wäre man in südlichen Gefilden. Riesige Rhododendren standen in voller Pracht, in großen Holzkübeln gediehen Zitrusbäume und Oliven, in überdachten Beeten wuchsen Tomaten, deren Früchte rot leuchteten. Doch nicht nur die Natur wurde hier überschwänglich gefeiert, auch architektonisch hatte der Garten eine Besonderheit aufzuweisen, die Ben erst gar nicht verstand.

An der Nordseite der Gärten erhob sich turmartig ein Gebäude, dessen Kuppeldach wie eine gewaltige Ananas gestaltet war. Sie war gänzlich aus Stein gearbeitet. Ben schätzte die Gesamthöhe des Bauwerkes auf mindestens 25 Yards. Unterhalb des Turmes war ein Eingangsportal, dass nicht recht dazu passte, es sah in Bens Augen eher antik aus. Links und rechts neben dem Ananasturm wurde an weiteren Gebäuden gebaut, hier hatte anscheinend Mr. Whiser die Planung übernommen.

»Na, wie finden Sie dieses Bauwerk? Spektakulär, nicht? So etwas finden Sie in ganz Britannien nicht!«, sagte er triumphierend.

»Ist das Ihr Entwurf, Mr. Whiser? Meinen Respekt! So etwas..., außergewöhnliches habe ich tatsächlich noch nie gesehen!«, gab Ben zurück.

»Nun, ja, der Entwurf stammt von Mr. Chambers, nach einer Idee seiner Lordschaft. Aber sehen Sie: Die Steinmetzarbeiten sind so perfekt, dass nirgends Wasser stehen bleiben kann und somit keine Frostschäden entstehen. Dieses Bauwerk hält ewig!«

»So verdient nicht nur der Architekt Bewunderung, sondern auch der Handwerker. Molly, wie gefällt Dir das Bauwerk?«, fragte Ben.

»Sehr hübsch. Aber warum gerade eine Ananas?«, wunderte sich Molly.

»Nun, Madame, Seine Lordschaft liebt exotische Früchte. Und die Ananas ist nicht nur von spektakulärem Aussehen, sie ist vor allem auch sehr schmackhaft«, referierte Whiser weiter.

»Habe ich zu viel versprochen, Mrs. Jenkins?«, fragte nun Leveson.

»Oh, nein. Das haben Sie nicht, Eure Lordschaft! Es ist fantastisch. Sehr schön. Wie aus einem Traum!«, sagte Molly und lächelte den Jungen an.

»Genau wie Sie, Mrs. Molly!«, sagte der Kleine entzückt. Molly und Ben mussten lachen. Mildreds Mine verfinsterte sich wiedereinmal. Doch selbst der sonst so strenge Mr. Whiser grinste und entblößte seine schlechten Zähne.

Am Abend waren Ben und Molly endlich alleine. Sie logierten in einem Gästetrakt des Schlosses. Morgen sollte der Unterricht für die Kinder beginnen. Molly war unzufrieden mit der Unterbringung im Schloss.

»Ben, dass Du hier arbeitest, ist ja schön und gut. Aber soll ich hier jeden Tag sitzen und auf Dich warten? Das hier ist ein Käfig. Lieber lebe ich alleine in einer kleinen Hütte im Wald, als hier. Ich kann unseren eigenen Haushalt sehr gut besorgen, das weißt Du. Aber hier sitzen und sticken und nähen? Das will ich nicht! Ich brauche eine sinnvolle Aufgabe. Oder ein kleines Geschäft. Ich will mein eigenes Geld verdienen. Du weißt, das ist mein Traum!

Ben sah sie an.

»Molly, alles, was Du Dir wünschst ist mir Befehl! Ich bitte Dich nur um etwas Geduld. Ich bedauere sehr, dass wir Deine Pläne in Virginia nicht weiterführen konnten. Aber es gibt bestimmt wieder neue Gelegenheiten. Im Moment verdiene ich genug, dass es für uns beide reicht. Wir müssen hier nicht wohnen. Wir werden uns ein Haus oder eine Wohnung im Ort suchen. Etwas eigenes, verstehst Du? Ich werde noch heute einen Brief an seine Lordschaft verfassen und ihn um Erlaubnis bitten.«

»Das wäre sehr schön. Ben, ich hoffe, dass wir schnell hier fort können. Ich möchte nicht in der Abhängigkeit dieser Leute bleiben. Hast Du gesehen, wie viele Menschen hier von den Dunmores abhängig sind? Und doch ist jeder ersetzbar. Wir sollten zusehen, uns so bald als möglich unabhängig zu machen!«

»Da ist wohl etwas von den patriotischen Gedanken aus Amerika bei Dir hängen geblieben«, versuchte Ben zu scherzen, Doch Molly ernstes Gesicht ließ ihn schnell umschwenken, »Aber Du hast natürlich recht. Jedoch muss ich Dir sagen, dass wir bisher immer von jemandem abhängig waren. Freiheit gibt es für Leute wie uns nur im privaten Bereich.«

»Trotzdem, Ben. Ich werde mein Leben lang versuchen, selbstbestimmt zu leben. In Jamestown waren wir so kurz davor. Ich bedaure es, dass ich das so leichtfertig weggegeben habe.«

»Nicht doch, Liebling. Ich weiß, dass Dir dieser Entschluss nicht leicht gefallen ist, auch wenn Du ihn sehr schnell gefasst hast. Er hat ein Menschenleben gerettet, dessen bin ich mir sicher. Hätten wir es nicht getan, würde uns das ein Leben lang belasten. Vor allem, nachdem wir durch Paytons Eingreifen in Hampton verschont wurden, war es nur recht, ihm zu sagen, wer wir wirklich sind, und warum wir Irland verließen. Das wir dadurch seinen Bruder im Austausch retten konnten, war nur recht und billig.«

»Ja, Ben. Ich weiß. Aber trotzdem. Wir mussten uns eine einmalige Chance entgehen lassen. Hier kann ich niemals zur Unternehmerin werden«, sagte Molly frustriert.

Ben wußte keine Antwort. Molly hatte natürlich recht. Hier in Großbritannien gab es nur zwei Möglichkeiten, Erfolg zu haben: Durch Geburt in den Adel oder durch

Geburt in Reichtum. Nur sehr wenige Menschen schafften es, aus eigener Kraft erfolgreich zu sein. Und wenn, brauchten sie dazu ein ganzes Leben.

London

»Mein lieber Dunmore, er wird verstehen, dass wir ihn hier in London zunächst brauchen. Er ist der lebende Beweis, wie schlecht diese Kolonisten mit uns umgehen. Er muss im Parlament sprechen, und erzählen, wie ungeheuer frech man ihn aus dem Land geworfen hat.«

»Sire, ich bin ganz Euer Diener. Natürlich werde ich dem House of Lords erklären, wie es zu dieser Niederlage kam«, sagte Sir John Murray feierlich und verneigte sich abermals vor seinem König.

»Nun gut! Wie er weiß, sind wir dem ländlichen Leben sehr zugetan. Wir können es also nur zu gut verstehen, wenn er sich bald wieder nach Airth auf sein Landgut begeben will. Wir würden liebend gerne einmal die Gärten dort bewundern. Aber diese Sache muss vorher aus der Welt geschafft werden. Die Flotte, die wir entsandten, um diesen Aufstand niederzuschlagen war teuer, und sie wird womöglich nicht ausreichen. Niemals werden wir es hinnehmen, einen so großen Teil unseres Königreiches zu verlieren!«

»Sire, das steht ausser Frage!«

»Darum lieber Dunmore, wird er auch der Gouverneur von Virginia bleiben. Halte er sich bereit, um zurückzukehren!«

Wiederum verneigte sich Dunmore vor dem König. Dann signalisierte man ihm, sich zu entfernen.

Etwa eine Stunde später war der Lord wieder in seinem Stadthaus zurück. Lady Charlotte erwartete ihn, sie war nicht sehr erfreut gewesen, dass man Sie nicht zur Audienz bei Hofe geladen hatte.

»Nun, wie ist es gelaufen?«, fragte sie ungeduldig.

»Wenn ich herausfinde, wer ihn informiert hat, dass ich ihn Farmer George genannt habe, dem lasse ich die Haut abziehen!«, sagte Dunmore sehr verärgert.

»Wir sind dem ländlichen Leben sehr angetan, wie er weiß!«, hatte der König gesagt. Klarer ging es kaum. Dunmore hatte die Politik des Königs vor dem Parlament zu unterstützen und sollte dann nach Schottland fahren, wo er weit weg vom Tagesgeschehen der Londoner Politik wäre und sich für sein Comeback als Gouverneur bereithalten.

»Das bedeutet, dass wir unsere Tochter nicht in die Gesellschaft einführen können. Der König nimmt ihr

Deinetwegen ihre Zukunft!«, bedauerte die Lady.

»Ach was! Ich habe Dir schon gesagt, das sie Radnor heiratet. Ich habe andere Probleme. Bereits morgen soll ich im Parlament vorsprechen. Und nächste Woche soll ich schon zurück nach Schottland. Der König stellt mich kalt, soviel steht fest!«

»Du wolltest doch so schnell wie möglichst zurück zu Deiner Gärtnerei! Ich weiß gar nicht, was Dich so erregt, John!«

»Mich erregt, dass es hier von Spitzeln wimmelt. Und dass ich selbst entscheiden will, ob ich in London verweile, oder in Airth. Ich lasse mich nicht gerne bevormunden! Auch nicht vom König!«

»John, nicht so laut! Gerade redest du von Spitzeln, und dann wetterst Du gleich wieder gegen Farmer George. Vielleicht siehst Du Gespenster. Er hätte Dich auch absetzen können. Aber er bietet Dir an, bei Rückgewinn der Kolonie wieder Gouverneur zu sein. Ist das kein Vertrauensbeweis?«

»Meine Liebe, er hat niemanden anderes. Wer würde denn gerne einen Titel haben, den es gar nicht mehr gibt? Vizekönig von Verloristan?«

»Sieh' es nicht zu schwarz. Bereite Deine Rede vor, dann fahren wir nach Hause. Du hast selbst gesagt, dass Du noch etwas vom Sommer in Airth haben möchtest.«

»Das ist wahr und mir ein echter Trost, meine Liebe. Ausserdem bin ich gespannt, was dieser Jenkins den Kindern beigebracht hat. Ich halte ihn für sehr talentiert.«

Lady Charlottes Mine verfinsterte sich.

»Darüber wollte ich mit Dir reden. Ich möchte nicht, dass dieses Ehepaar weiter bei uns auf Dunmore House lebt. Privatlehrer, meinetwegen. Aber diese unmögliche Person, niemals! Selbst wenn sie adeligen Blutes sein sollte, was niemand beweisen kann, wünsche ich, dass sie sich aus dem Schloss entfernt!«

»Ach? Es ist doch genug Platz in diesem alten Gemäuer. Wo ist Dein Problem?«

Lady Charlotte schwieg. Sie wollte die Quelle ihrer Informationen über den schlechten Einfluss dieser Person auf die Kinder nicht preisgeben. Ihr Schweigen war aber das Signal für Sir John, dass es hier keinen Kompromiss geben würde. Sein Kiefer mahlen, als könnten sie so seine Gedanken dazu bewegen, schneller zu funktionieren.

»Nun, gut. Ich möchte mir die beiden gerne halten. Einen guten Lehrer und diese Mrs. Jenkins als, sagen wir, Investition für eventuelle zukünftige Schachzüge. Deine Bitte ist mir natürlich Befehl, meine Liebe, und ich kann sie Dir um so leichter erfüllen, als dass Jenkins sowieso ersucht hat, mit seiner Frau in einem kleinen Häuschen zu wohnen. Aber ich möchte die beiden nicht so ohne weiteres ziehen lassen. Was hältst Du davon, sie in Airth in einem meiner Farmerscottages unterzubringen, mit einem Jahresgehalt und einer Jahrespacht? So können sie nicht weg, denn sonst würden sie als Schuldner gesucht«, entschied er schließlich.

Die Gesichtszüge der Lady entspannten sich. Das klang gut. Mr. Price würde sicherlich eine diesbezügliche Lösung ausarbeiten. Irgendein säumiger Pächter würde bestimmt zeitnah vertrieben werden können.

Die Entdeckung

Seit einer Woche lebten Molly und Ben in diesem kleinen Steinhaus am Rand von Airth. Es hatte einen kleinen, mit einer niedrigen Mauer umgeben Garten, in dem allerdings im Moment nichts ausser Gras wuchs. Erstaunlich schnell hatte Dunmore dem Ersuchen Bens um eine Unterbringung in einem eigenen Haus stattgegeben. Natürlich gehörte das Haus und das gesamte Dorf zu den Ländereinen des Lords.

Für eine Bepflanzung des kleinen Gartens mit Gemüse war es in diesem Jahr schon zu spät und Ben wollte auch, dass Molly möglichst wenig körperlich arbeiten musste. Ihre Schwangerschaft ließ sich mittlerweile nicht mehr verleugnen, deutlich zeichnete sich der runde Bauch unter ihrem weiten Kleid ab. Immer öfter hatte Molly auch Rückenbeschwerden und ihre Beine waren geschwollen. Trotzdem nahm sie nur ab und an stundenweise Hilfe in Anspruch, eine Nachbarin half bei den schwereren Haushaltsarbeiten und im kleinen

Stall, wo sie ein paar Tiere, eine Ziege, ein Schwein und einige Hühner hielten.

Der September neigte sich schon dem Ende und Molly war an diesem milden, sonnigen Mittag in den Garten gegangen, um Wäsche aufzuhängen. Sie sang dabei und war richtig gut gelaunt. Die saubere Wäsche flatterte im Wind und Molly hatte keine Eile. Beim Bücken fiel ihr das Atmen mittlerweile etwas schwerer, darum machte sie immer wieder kurze Pausen, stemmte die Fäuste in die Hüften, drückte ihren Rücken durch und betrachtete dabei ihr Werk. Während sie so sang, fiel ihr ein kleiner, älterer Mann auf, der draussen an der Mauer lehnte und ihr zuhörte. Er trug einen blauen Anzug, hatte einen seltsamen Hut auf dem Kopf und in der Hand einen Spazierstock. Als er bemerkte, dass sie ihn ansah, grüßte er, nahm den Hut in die Armbeuge und verneigte sich. Dabei stützte er sich mit dem freien Arm auf den Stock, zog den rechten Fuß nach hinten. Dies alles tat er so langsam, dass Molly lachen musste.

»Verletzen Sie sich nicht, Sir!«, rief sie lachend über die Mauer.

»Oh, gewiss nicht! Bitte verzeihen Sie meine Impertinenz. Aber ich habe Sie singen gehört und meinte, ich sei im Himmel! Ich konnte nicht weitergehen!«

Jetzt wurde Molly die Sache doch etwas mulmig. Doch keck wie sie war, zeigte sie das natürlich nicht.

»Nun, Sir, das ist ein sehr schönes Kompliment, vielen Dank. Dennoch schickt es sich nicht, einer Dame einfach so aufzulauern. Darf ich fragen, wer Sie sind?«

»Oh, verzeihen Sie meine Unhöflichkeit, Madame! Mein Name ist Thomas Pimble. Ich bin Musiker.«

Wieder verneigte sich der in Blau gekleidete.

»Aha. Das ist sehr schön, Mr. Pimble. Dann wünsche ich Ihnen noch einen guten Tag!«, sagte Molly, nahm den leeren Wäschekorb auf und machte sich daran, wieder hinein zu gehen.

»Oh, Madame! Das ist jetzt etwas, ... schwierig. Ich wüßte sehr gerne auch Ihren Namen.«

»Ich heiße Molly Jenkins. Und nun entschuldigen Sie mich, ich muss mich ausruhen!«

Doch der Mann ließ nicht locker. Mittlerweile stand er an der Gartentüre.

»Misses Jenkins. Noch ein Wort, ich bitte Sie!«

Molly drehte sich zu ihm um. Sie bekam es jetzt doch mit der Angst zu tun. Trotzdem blieb sie freundlich.

»Also gut. Was wollen Sie, Mr. Pimble?«

»Misses Jenkins. Ich glaube, dass sie eine einzigartige Stimme haben, die Sie dem Publikum nicht vorenthalten sollten. Es wäre geradezu Verschwendung einer göttlichen Gabe, wenn sie hier nur für ihre Wäsche singen. Ich bin leider nur bis morgen in Airth bei meiner Schwester zu Besuch. Es wäre mir eine Ehre, wenn Sie heute Nachmittag, natürlich in Begleitung von Mr. Jenkins, in das Haus meiner Schwester kommen könnten. Ich würde mit Ihnen gerne ein paar Lieder ausprobieren und Ihnen auch musikalische Förderung anbieten. Umsonst, versteht sich!«

Molly war wie vor den Kopf gestoßen. Sängerin. Wie Ihre Mutter, die sie nie gekannt hatte. Ihr fehlten die Worte. Verdutzt stand sie mit ihrem Wäschekorb in der Hand da.

»Nun, was sagen Sie? Heute, sagen wir um fünf, zum Tee?«, sagte der kleine Mann und sah sie fast bettelnd an.

»Ich überlege es mir.«, gab Molly langsam zur Antwort und ging zur Haustüre.

»Ach so, ja, natürlich! Bei Familie Pembroke! Gegenüber der Kirche, das kleine Haus mit...«

Doch da fiel die Tür bereits hinter Molly ins Schloss.

»Na, Sie werden's schon finden...«, sagte Pimble noch hinterher und lächelte.

Er war guter Dinge. So eine Entdeckung machte man im Jahr höchstens nur einmal. Er setzte seinen übergroßen Zylinderhut aus Stroh wieder auf, schwang seinen Spazierstock und ging den Weg zurück in die Ortschaft. Dabei pfiff er das Lied, welches Molly beim Wäscheaufhängen gesungen hatte. Es war ein schottisches Lied. So weit er verstanden hatte, handelte es vom Loch Lomond in den schottischen Highlands, gar nicht weit entfernt von hier.

Salonkonzert

Es waren tatsächlich fast 50 Personen gekommen, um dem kleinen Konzert bei Hofkapellmeister Thomas Pimble in seinem Haus in Edinburgh beizuwohnen. Man hatte noch mal so viele Interessenten abweisen müssen.

Es war das zweite Konzert für Molly, die mittlerweile großen Gefallen an den Gesangsstunden bei Mr. Pimble gefunden hatte. Zweimal in der Woche war sie den ganzen Oktober nach Falkirk gefahren, um mit dem Musiker Lieder einzustudieren. Pimbles Kutsche hatte sie wieder abgeholt und wieder zurück gefahren. Auch Pimble hatte jedesmal die weite Anreise aus Edinburgh nach Falkirk auf sich genommen. Selbst in der schnellsten Kutsche hätte die Fahrt von Airth in die Hauptstadt sieben Stunden gedauert. Hatte Pimble zunächst auf italienischen Arien bestanden, so wurde ihm schnell klar, dass nur irisches, schottisches und englisches Liedgut authentisch von Molly interpretiert werden konnte. Diese Melodien konnte Molly bereits nach einmaligem Hören wiedergeben. So wie sie das Lied vom »Loch Lomond« einfach irgendwo aufgeschnappt hatte.

Ihre Interpretationen waren aber ganz speziell. Die besondere Art und Weise ihres Gesanges war es gewesen, die Pimble aufgefallen war. Viele der Stücke begleitete Pimble auf seinen Cembalo, doch einige sang Molly ganz alleine. Pimble dachte, man könne sie höchstens mit der traditionellen Trommel begleiten, aber das empfand er dann doch als zu archaisch. Dennoch glaubte er zu wissen, dass es in der aristokratischen und bürgerlichen Gesellschaft Edinburghs viele Liebhaber dieser Musik geben musste. Seine Salonkonzerte waren berühmt, die wenigen Plätze stets schnell ausverkauft.

Molly spitzte durch den Vorhang, durch den sie zu Beginn des Konzertes erscheinen sollte. Es waren einige bekannte Gesichter im Publikum, auch Ben saß dabei und winkte ihr vorsichtig zu.

Thomas Pimble erhob sich und Applaus brandete auf.

»Vielen Dank! Vielen Dank! Zu gütig. Ich begrüße Sie herzlich zu unserem zweiten Konzert mit Liedern aus unserer Heimat und neuer Musik aus Europa. Dies ist ein sozusagen zweigeteilter Abend, im zweiten Teil wird ein junger Künstler, der einer meiner Schüler ist, Ihnen die neuesten Musikstücke aus Wien und Salzburg auf dem Cembalo vortragen.«

Wieder Applaus.

»Aber nun zu unserer verehrten Künstlerin, auf die Sie alle gewartet haben. Darf ich vorstellen: Die bezaubernde Mrs. Jenkins!«

Molly kam hinter dem Vorhang hervor, machte einen Knicks und ließ sich den Applaus des Publikums gefallen.

Ben, der ebenfalls im Publikum saß, klatschte begeistert mit, ihm entgingen allerdings nicht die Bemerkungen der Damen hinter ihm über Mollys offensichtliche Schwangerschaft.

Als der Beifall geendet hatte, setzte sich Pimble selbst ans Cembalo und begann die Einleitung eines schottischen Liedes, das er zuvor angesagt hatte: »The bonnie banks of Loch Lomond«.

Molly sang mit klarer Stimme getragen und fehlerfrei. Nichts im Leben war ihr je leichter gefallen. Auch das Baby war immer ruhig geworden, wenn sie sang, vorher und nachher machte es gerne mit Tritten auf sich aufmerksam.

Als sie geendet hatte, waren die Zuhörerinnen und

Zuhörer ergriffen. Zögerlich begannen sie zu klatschen, schließlich standen viele auf und alle applaudierten begeistert.

Nur ein junger Mann blieb sitzen und sah verdutzt drein. Als der Applaus verebbte, stand er schließlich auf und rief:

»Sie sind doch Molly! Molly Malone aus Dublin! Ich habe Ihre Stimme sofort erkannt!«

Durch die Menge ging ein Raunen. Was für eine unverschämte Störung!

Molly erschrak. Sie sah den Mann an und meinte einen der jungen Männer aus Dublin zu erkennen, der ihr im vorigen Jahr bei einem Streit mit einem Fuhrmann geholfen hatte. Ihr wurde schwarz vor Augen. Ihre Knie gaben nach.

Ben sprang auf und eilte seiner Frau zu Hilfe. Sie war ohnmächtig geworden und zu Boden gesunken. Schnell hob er sie auf und trug er sie in ein Nebenzimmer. Die Menge der Zuschauer war entsetzt. Pimble versuchte, beruhigend auf seine Gäste einzureden.

»Ladys und Gentlemen! Sicher handelt es sich nur um eine kurze Unpässlichkeit. Das Konzert geht gleich weiter!«

Er eilte Ben hinterher. Dieser hatte seine Frau mittlerweile auf einen Divan gelegt und fächelte ihr Luft zu. Molly schlug die Augen auf.

»Ben. Er hat mich erkannt. Jetzt ist alles aus!«

»Nicht doch! Was soll schon geschehen? Ich rede mit ihm. Alles wird gut!«, sagte Ben, der allerdings überhaupt nicht wußte, was er mit diesem Kerl machen sollte.

»Mr. Pimble, meine Frau braucht ein paar Minuten. Können Sie nicht Ihren Schüler vorziehen? Und wenn Sie uns den Störer hierher rufen könnten? Offensichtlich liegt hier eine Verwechslung vor!«

Der Konzertmeister nickte. Schließlich musste das Konzert weitergehen, sonst hätte das Publikum womöglich Anspruch auf Rückerstattung des Eintrittspreises.

Pimble ging zurück zu seinen Gästen. Verlegen lächelte er und bat um Ruhe.

»Nun, Ladys und Gentlemen, Sie haben nun eine kleine Kostprobe von Mrs. Jenkins Künsten gehört, sie hat sich nur kurz zurückgezogen, um sich, äh..., etwas zu erholen. Wir werden sie später nocheinmal hören. Mein Schüler, Mr. Donavan, wird Ihnen nun, wie angekündigt, die neueste Musik aus Europa präsentieren.«

Hektisch winkte Pimble einen offensichtlich sehr aufgeregten jungen Mann ans Cembalo, der nun viel früher als geplant zu seinem Konzert kam. Eigentlich hatte der Konzertmeister geplant, dass er als Hintergrundmusiker bei dem Umtrunk nach dem eigentlichen Konzert zur Unterhaltung der Gäste hätte beitragen sollen. Konzertreif war dieser Kerl noch lange nicht.

»Streng' Dich bloß an und spiele fehlerfrei!«, raunte Pimble ihm zu, als er so tat, als würde er ihm den Hocker hinschieben, »Sonst stopfe ich Dich in das verdammte Ding hinein, bei Gott!«

Als die Musik erklang, winkte Pimble den Störer von vorhin zu sich. Diskret führte er ihn zu Ben und Molly. Ben bedankte sich bei Pimble und bat ihn, sie alleine zu lassen. Nur gedämpft hörte man das Cembalospiel des Schülers zwei Räume weiter.

»Wer sind Sie, Sir? Wie kommen Sie dazu, das Konzert derart zu stören?«, fragte Ben ernst.

»Mein Name ist Lester Bonham. Ich komme aus Dublin. Mein Vater hat mich hierher geschickt, um zu studieren. Und ich habe Sie erkannt, Mrs. Malone. Schließlich musste ich wegen Ihnen Dublin verlassen!«

»Wegen mir?«, entfuhr es Molly. »Was soll ich dafür können?«

»Auch ich wurde an dem Abend des Aufruhrs verhaftet. Da Vater keinen Skandal wollte, hat er mich aus Dublin weggeschickt. Jetzt sitze ich hier und soll Jurist werden.«

»Nun, Es war ja wohl Ihre Entscheidung, zu helfen den Kutscher vom Bock zu ziehen und ihn zu verprügeln, und nicht meine. Wieso wollen Sie nun unser Leben zerstören?«

»Will ich das? Nein, das liegt mir fern. Aber alle in Dublin denken, Molly Malone sein an einem Fieber gestorben. Wussten Sie, dass man Sie in Liedern besingt?«

»Ach, was? Das ist mir egal. Das war in einem anderen Leben. Ich bitte Sie, uns in Ruhe zu lassen, Mr. Bonham!«, sagte Molly, die mittlerweile die Fassung wiedererlangt hatte.

»Und was wäre Ihnen das wert? Ich meine, was bieten sie mir als Gegenleistung?«

»Sie wollen Geld, Bonham? Wir sind mittellos. Ausser einer Anstellung als Hauslehrer habe ich nichts!«, entgegnete nun Ben.

»Ah, ja? Wo sind sie denn angestellt, Mr. Jenkins? Sie waren doch der Gehilfe dieses Anwalts. Man erzählt sich, dass sie vorher Lord Godfrey dienten. Ich hörte, Sie arbeiten nun für Lord Dunmore? Nun, dann könnten Sie mir mit Beziehungen und Kontakten helfen. Das ist ja noch besser als Geld, würde mein alter Herr sagen. Mit Geld kann ich sowieso nicht umgehen.«

»Ich kann Ihnen nichts versprechen, Sir«, sagte Ben

zerknirscht.

»Nun, Sie hören von mir. Mrs. Ma..., Jenkins, Mr. Jenkins?«, sagte Bonham und wandte sich zum Gehen.

Ben und Molly sahen sich an.

»Oh, Ben. Was sollen wir tun?«, fragte Molly hilfesuchend, als der junge Mann den Raum verlassen hatte.

»Ich weiß es nicht. Aber ich finde eine Lösung. Ganz bestimmt!«

Kurz darauf erschien Mr. Pimble im Raum.

»Mrs, Jenkins, Mr Jenkins, es ist alles wieder in Ordnung! Der Herr hat sich verabschiedet. Es tut ihm sehr leid, dass er Sie erschrocken hat. Sehen Sie sich in der Lage, das Konzert zu Ende zu bringen?«

Handel

»Noch einmal Konzerte in Edinburgh? Noch vor Weihnachten? Liebling, Du stehst kurz vor der Geburt! Das kann nicht Dein Ernst sein. Dieser Pimble ist verrückt!«

Ben war ausser sich. Bisher hatte er stets seine Einwilligung gegeben. Doch angesichts der weit fortgeschrittenen Schwangerschaft seiner Frau durfte jetzt kein Risiko mehr eingegangen werden.

»Ben, es geht mir gut. Mr Pimble hat mir zugesagt, dass ich meine Hebamme und Dich mitbringen kann. Es wird alles gut gehen. Zwei Tage in der Stadt werden mir nicht schaden. Ausserdem kann ich dort noch Einkäufe machen. Hier in Airth und Falkirk gibt es doch nicht einmal einen richtigen Damenschneider.«

»Molly, ich kann nur an Deine Vernunft appellieren. Keine Frau in Deinem Zustand sollte sich auf Reisen begeben!«

»Ben, zwei Konzerte! Pimble bietet mir ein Pfund pro Abend. Das ist ein fürstlicher Lohn! Dafür musst

Du einen Monat arbeiten!«

»Und wenn er tausend böte! Das Risiko ist zu hoch!«

»Ben. Ich bekomme das Kind, nicht Du! Ich fühle mich sehr gut. Ja, mit einem dicken Bauch ist alles beschwerlich. Aber es ist mein Bauch! Und ich kann es schaffen. Ich weiß es!«

Ben schüttelte nur den Kopf. Sie waren nun seit einem Jahr und einem Monat verheiratet. Sie hatten im letzten Winter ein Kind verloren. Er konnte nicht verstehen, dass Molly auch dieses Mal eine Reise in der Kälte antreten wollte, hatten doch ähnliche Umstände dazu geführt, dass sie ihr erstes Kind bereits im ersten Schwangerschaftsmonat verloren hatte. Ben hatte viele Geschichten gehört, dass Frauen, die wiederholt Kinder verloren hatten, oft gar keine Kinder mehr bekommen konnten. Wobei, das wäre für Ben vielleicht noch zu verkraften gewesen. Seine Angst, seine geliebte Frau zu verlieren, war viel schlimmer. Während ihrer Fehlgeburt im Januar wäre Molly beinahe gestorben. Dass sie nur wenige Monate darauf wieder schwanger geworden war, grenzte für Ben an ein Wunder. Und nun wollte Molly dieses Wunder leichtfertig aufs Spiel setzen.

»Ich bin dagegen!«, sagte er nur noch.

»Und ich bin dafür! Ben, vertraue mir, bitte. Ich

habe ein gutes Gefühl. Das Baby gedeiht prächtig und bewegt sich jeden Tag mehr. Die Reise wird dem Kind nicht schaden. Beim..., ersten Mal hatte ich von Anfang an Probleme. Doch jetzt bin ich sicher, dass es gut gehen wird. Bis zum letzten Tag der Schwangerschaft und auch bei der Geburt«, sagte Molly und legte ihre Arme um ihn.

»Nur ein Unglück können wir wohl nicht abwenden: Dass es in Schottland geboren wird«, versuchte Molly ihren Mann mit einem Spaß aufzumuntern.

Ben sah sie an. Er konnte ihr einfach nichts abschlagen.

»Nun, dann wickeln wir es eben in Tartans«, sagte er trocken und beide mussten lachen.

Wieder hatte Molly sich durchgesetzt. Ben gab nach. Doch er würde Dunmore um Urlaub ersuchen müssen, was seiner Lordschaft sicherlich nicht sehr behagte. Ben überlegte, wie er den hohen Herren überreden konnte, dem Privatdiener seiner Kinder Freizeit zu gewähren. Was wäre in Edinburgh zu erledigen, das Dunmore Nutzen bringen konnte? Es musste etwas mit seiner Machtgier oder Eitelkeit zu tun haben. Ben wußte, dass bei den Konzerten durchaus sehr interessante, hochgestellte Persönlichkeiten zugegen sein würden. Wie dachten diese über den Lord, welche Ambitionen verfolgten sie? Konnte das vielleicht Dunmore dazu bewegen, Ben als Informanten mitzuschicken?

In den folgenden Tagen kam Ben ein Zufall zu Hilfe. Molly hatte aus Angst vor einem weiteren Affront Pimble gebeten, ihr Gästelisten der Konzerte zukommen zu lassen. Auf der Liste des zweiten Konzertes stand auch Edward Bouverie, der Sohn Lord Radnors. War das nicht der Bräutigam für Lady Catherine, Dunmores ältester Tochter? Ben wußte das von den kleinen Geschwistern, die solche Neuigkeiten nicht für sich behalten konnten.

Ben ließ sich umgehend bei Sir John anmelden.

»Was wollen Sie, Jenkins? Wieder einmal mehr Lohn? Das kommt nicht in Frage!«, sagte der Lord schroff. Er war sehr übel gelaunt. Am Vortag hatte es ein Unglück in einer seiner Kohlengruben gegeben. Mehrere Schächte waren eingestürzt und es hatte viele Tote gegeben. Die meisten davon Kinder. Die Minenarbeiter wollten nicht mehr zurück an die Arbeit. Es drohte ein Aufstand.

»Zunächst einmal möchte ich mein Bedauern über den Minenunfall aussprechen, Sir. Es ist eine schreckliche Tragödie.«

»Ja, ja, schon gut. Und was noch?«

»Wie Sie wissen, Sir, ist meine Frau wieder von Mr.

Pimble zu zwei Konzerten gebucht worden. Sie fühlt sich trotz ihrer Schwangerschaft dazu in der Lage.«

»Schön. Und was hat das mit mir zu tun?«

Seine Lordschaft war heute wirklich nicht gewillt, irgendeinem Lakaien etwas zuzugestehen.

»Ich habe die Gästeliste von Mr. Pimble erhalten. Sie enthält sehr interessante Leute. Ich wollte sie Ihnen zukommen lassen, falls Sie Interesse an etwaigen Kontakten haben. Dazu müsste ich allerdings meine Frau begleiten, Sir.«

»Was? Denken Sie, ich schicke Sie als Spion in die feine Gesellschaft von Edinburgh?«, blaffte der Lord. Jetzt hatte dieser Hilfslehrer wohl endgültig den Verstand verloren.

»Ja, Sir. Ich könnte es nicht treffender formulieren«, sagte Ben schmeichelnd.

Dunmore funkelte Ben an. Was für eine Impertinenz!

»Her mit der Liste!«, brummte der Lord.

Dunmore riss Ben das Schriftstück förmlich aus der Hand. Er überflog die Namen und zog das eine oder andere Mal die Augenbrauen hoch.

»Hm. So, so, der also auch. Und Bixby? War ja klar. Ach? Interessant...«

Dunmore legte die Liste bei Seite.

»Wieso wollen Sie das tun, Jenkins? Ist Spionage so

eine Art Hobby von Ihnen? Oder arbeiten Sie gar für jemanden anderen? Wer sagt mir, dass Sie mich nicht ausspionieren?«

»Sir, ich schwöre, ich habe nie so etwas getan. Ich würde es auch nicht spionieren nennen, sondern eine Art Expertise über gewünschte Personen erstellen. Das war mein Beruf in Dublin.«

»Ach was? Ich nenne es ausspionieren, Mister! Aber gut. Es gibt da tatsächlich ein paar Leute auf der Liste, die mich interessieren. Doch, wie wollen Sie an einem Abend bei einem Konzert etwas über diese Leute herausfinden? Das ist doch gänzlich unmöglich!«

»So ein Abend ist auch nur der Beginn, um Beziehungen zu erkunden und zu knüpfen. Ich habe da meine Methoden«, sagte Ben, nicht ohne selbst daran zu zweifeln.

Ben dachte an Bedienstete und Kutscher, die für ein kleines Handgeld immer indiskret waren. Leider merkte Ben gerade erst jetzt, dass seine Idee, so Urlaub zu bekommen, sehr gefährlich war.

»Gut, Jenkins. Sie begleiten Ihre Frau. Ich will umgehend Berichte über verschiedene Personen. Ich gebe Ihnen eine Liste. Aber wenn Sie auffliegen, ich weiß von nichts!«

Ben war zufrieden. Ein paar Gerüchte würden sich

bestimmt finden lassen. Hauptsache, er konnte bei Molly sein. Der Lord winkte Ben hinaus.

Sir John widmete sich wieder dem Grubenproblem. Das Hauptproblem seien die überfluteten Schächte gewesen. Zuviel Wasser sickerte in die Gruben. Unsummen hatte er in diese verdammten Dampfmaschinen gesteckt, die aber jeden Tag fast genauso viel Kohle verschlangen, wie eine Schicht aus dem Flöz brach. Aber ohne das Wasser abzupumpen, war nicht an das Erz zu kommen. Trotz der Armut der Bevölkerung war es nicht leicht, geeignete Arbeitskräfte zu finden. Kaum jemand wollte diese gefährliche Arbeit machen. Dann noch dieses Schreiben von dem Erfinder, diesem Watt und seinem Kompagnon. Eine verbesserte Dampfmaschine. Mit einem Angebot über eine Mietdampfmaschine, die nur über die Einsparung an Kohle bezahlt werden sollte. Wahrscheinlich Betrüger! Schließlich meldeten sich solche Leute gerne nach einer Katastrophe.

Ach, immer diese verdammten ökonomischen Probleme! Sollte sich doch sein Verwalter damit herumschlagen. Er musste sich Gedanken um seine Gärten machen. Jetzt im Winter galt es für das nächste Frühjahr zu planen.

Lester Bonham

In London war es Zeit geworden, die Koffer zu packen. Weihnachten und den Jahreswechsel wollte Sir William Godfrey zu Hause in Irland verbringen. Die Reise über Bristol mit anschließender Überfahrt über die irische See würde kein Zuckerschlecken werden. Ein, zwei Tage in Dublin, sozusagen um sich zu erholen, waren wenig, eine Woche hätte dem Lord besser gefallen. Dort hätte er Lust gehabt, ein paar alte Bekanntschaften zu erneuern...

Aber die Geschäfte hatten es nicht zugelassen, dass er früher aufbrechen hätte können. Trotz der Affaire um seine Halbschwester im letzten Jahr und den Verlust seiner amerikanischen Geschäfte hatte sich das Jahr noch gut entwickelt, nicht zuletzt, weil ihn die Krone entschädigt und er zudem nun einen Sitz im Parlament inne hatte. Dass er vorher die Firmenanteile überschrieben hatte, war nach dem Verschwinden von Ben und Molly Jenkins irrelevant geworden.

Nun hatte sich seine finanzielle Lage gebessert. Alle Schiffe hatte er der Krone verkauft, wofür er sich selbst mit diesem Londoner Stadthaus beschenkt hatte. Ein brillianter Schachzug. Die Beweise, die dieser verdammte Ryker gegen ihn gehabt hatte, waren allesamt nichtig geworden, mit dem Verschwinden der Familie Jenkins gab es keinen Anhaltspunkt mehr, er galt als verschollen, ausgewandert nach Amerika. Molly Malone war tot.

Ausserdem hatte sich der Lord, geläutert durch den Vorfall, geschworen, mit den Eskapaden seiner Jugend ein Ende zu machen und nun solide zu werden. Nur noch selten ging er aus, zwar war er auch hier in London Mitglied in einem sehr angesehen Club, in dem fast nur Herren aus dem Hochadel verkehrten, doch dem Amüsement diente dieser steife Verein nicht. Hier wurde Politik gemacht, für lasterhaftes Verhalten war hier kein Platz. Allenfalls ein guter Whiskey und eine teure Zigarre gehörten zu den kleinen Sünden, die man sich dort erlaubte.

Sir William saß vor dem Kaminfeuer, welches nicht richtig brennen wollte und unangenehm rauchte, da im Londoner Nebel die Kamine der Häuser schlecht zogen. Wenigstens zu Weihnachten würde er nun seine Familie sehen, ansonsten langweilte er sich hier zu Tode.

Ein Klopfen an der Türe riss ihn aus seinen melancholischen Gedanken. Es war sein treuer Diener Hobbs.

»Sir, ein junger Mann aus Edinburgh bittet um ein Gespräch mit Ihnen.«

»So? Um diese Zeit am Abend? Nun, egal. Lassen Sie den Mann herein, Hobbs«, sagte der Adelige leutselig. Der Whiskey hatte ihn milde gestimmt.

Kurz darauf stand ein junger Herr von etwa 24 Jahren vor ihm. Er war gut gekleidet, trug Seidenstrümpfe und einen perfekt sitzenden Rock. Alles Hinweise auf einen teuren Schneider. Dieser Mann schien nicht arm zu sein.

»Lester Bonham, zu Euren Diensten«, stellte sich der junge Mann mit einer Verneigung vor.

»Hm«, grunzte Godfrey, »Was verschafft mir die Ehre, Mr. Bonham?«

»Sir, die Sache ist etwas,... delikat«, begann Bonham.

»Nun, raus mit der Sprache! Wenn Sie mich hier so überfallen, hoffe ich, dass es gute Gründe gibt!«

»Die habe ich in der Tat, Sir!«

Nach etwa einer Stunde verabschiedete sich der junge Mann. Godfrey goss sich Whiskey nach. Morgana und Jenkins zurück in England. Im Schlepptau des

Gouverneurs von Virginia. Unglaublich! Zum Glück war dieser Bonham nicht zu Ryker gegangen. Aber was sollte Godfrey nun unternehmen? Bonham wollte Geld, unverhohlen hatte er ihn gerade erpresst. Überheblich und arrogant. So jemanden durfte man nicht laufen lassen. Im Moment ging die größte Gefahr für Godfrey von ihm aus. Auch wenn Bonham Geld bekam, er würde seine Information womöglich auch an andere und am ehesten an Ryker selbst verkaufen.

»Hooobbs!«, rief er seinen Diener.

Dieser kam sofort in den Salon.

»Sir?«, antwortete der Lakai mit einer hochgezogenen Augenbraue. Schon am Ruf seines Herren hatte er dessen Stimmungswechsel erkannt. Er hatte bereits eine Ahnung, was ihn erwarten würde.

»Ziehen Sie sich an und folgen sie diesem Kerl. Finden Sie heraus, wo er logiert! Und erstatten Sie mir umgehend Bericht!«

»Jawohl, Sir«, sagte der Diener, ohne eine Mine zu verziehen.

Es fiel Hobbs nicht schwer, dem Mann zu folgen. Zunächst hatte dieser sich um eine Droschke bemüht, und dafür mehrere Minuten vor dem Haus gewartet. Dann hatte er es aufgegeben und war zu Fuß in Richtung Innenstadt aufgebrochen. Nach einer halben Stunde erreichte er ein Gasthaus, dass Hobbs als drittklassige Schenke einstufte. Hobbs trat ebenfalls ein und ging an den Tresen. Hut und Mantel behielt er an und war darauf bedacht, dass er mit dem Rücken zu Bonham stand. Das Wirtshaus war sehr voll, es war laut, rauchig und schlecht beleuchtet. Hobbs bestellte sich ein Bier und sah, wie seine Zielperson sich zu einer Partie Kartenspieler gesellte. Der Mann hinter dem Tresen gab bereitwillig Auskunft, dass der junge Kerl hier im besten Zimmer logiere und jeden Abend spiele. Er verliere dabei große Summen, aber das Geld schien ihm nicht auszugehen.

Hobbs bezahlte sein Ale und ging. Draussen versprach er einem Straßenjungen eine Münze, wenn er einen Zettel zu einer bestimmten Adresse brächte.

So erfuhr Lord William noch vor dem Ende der ersten Partie Whist Bonhams im »Malcom's Inn«, wo sein ungebetener Besucher wohnte.

Abreise

»Wieder ein Brand in London!«, rief der Zeitungsjunge, »Mehrere Tote bei Brand in Gasthaus! Ursache überhitzter Kamin?«

Ein Mann in Dieneruniform winkte den Verkäufer zu sich.

»Ein Exemplar für seine Lordschaft!«, sagte der große, kräftige Mann mit Backenbart im Livree und drückte dem Zeitungsjungen eine kleine Münze in die Hand. Sir Godfrey saß schon in der Kutsche. Er ließ sich die Zeitung reichen, und bewunderte wiedereinmal, wie schnell hier in London Informationen unter die Leute gebracht wurden.

Er las den Artikel durch, lächelte milde und gab den Befehl zum Aufbruch. Wenn alles gut ging, würde er am Weihnachtstag zu Hause sein. Nie mehr würde den Fehler machen und einen seiner Feinde laufen lassen, so wie im letzten Jahr.

Noch in der gleichen Nacht, als Hobbs Bonhams Unterkunft gefunden hatte, hatte er ihn beauftragt, in das Zimmer einzudringen und den Mann mit einem kurzen Knüppel niederzuschlagen. Er sollte ihn mit dem Kopf in den offenen Kamin legen und das Feuer neu entfachen.

Dann sollte Hobbs durch das Fenster verschwinden. Möglicherweise war durch die Kleidung des Opfers das Feuer aus dem Kamin in das Zimmer übergetreten. Daß das gesamte Gasthaus dabei abbrennt, war zwar nicht beabsichtigt gewesen, hatte aber alle Spuren verdeckt. Seine Lordschaft hatte sich äusserst zufrieden gezeigt.

Hobbs nahm auf dem hinteren Kutschersitz Platz. Seine Mine war wie versteinert. Er stülpte seinen Dreispitz über die kreisrunde Glatze. In seiner Tasche drückte eine Goldmünze. Es kam ihm in diesem Moment vor, als wäre sie schwer als Blei.

Dublin

Der Anwalt Horatio Ryker saß am großen Schreibtisch seines Büros. Überall stapelten sich Akten und Schriftstücke. Jeder Stapel ein Vorgang. Im Moment bearbeitete Ryker mit seinen Gehilfen mehr als 20 Klagen gleichzeitig. Dazu kamen noch kleinere und größere Rechtsberatungen, umfangreiche Gutachten und anderer Schriftverkehr. Das meiste erledigten seine Sekretäre, aber diese eine Absenderadresse aus London durfte nur ihm persönlich übergeben werden.

Seit mehreren Wochen hatte der Anwalt nichts mehr aus London gehört, darum schloss er auf eine gewisse Brisanz des Schreibens. Ryker entzündete noch mehr Kerzen, um besser sehen zu können. Dieses trübe Wetter hatte zur Folge, dass es bereits früh am Nachmittag finster wurde. Langsam öffnete er den Umschlag. Darin befand sich ein förmlicher Brief und ein kleiner Zettel, der in einer Handschrift verfasst war die Ryker wohlbekannt war. Es war nicht mehr als eine Notiz, ein paar Worte.

»Zwei Reisende sind mit Dunmore in Schottland eingetroffen«

Ryker zog die Augenbrauen hoch. Eine interessante Nachricht. Dass man ihn vor einem Jahr hinters Licht geführt und ihm den Tod von Morgana Harrington alias Molly Malone vorgegaukelt hatte, war ihm damals zwar schnell klar geworden, aber leider hatte man es geschafft, die Frau mitsamt ihrem Ehemann Benjamin Jenkins schnell nach Amerika zu verschiffen. Beinahe hätte Ryker sie noch erwischt. Seine Kontakte nach Amerika waren wegen des Krieges abgerissen und er hatte nun seit einem Jahr nichts mehr von den beiden gehört. Mittlerweile hatte er sich damit abgefunden, dass die beiden entkommen waren. Doch diese Botschaft seines wichtigsten Informanten zauberte ihm ein Lächeln ins Gesicht. Ryker entzündete den Zettel an einer Kerze und warf ihn in den Kamin.

»So, mein lieber Godfrey. Das letzte Wort ist noch nicht gesprochen!«, murmelte er vor sich hin. Mit einer behänden Bewegung, die man dem alten Anwalt mit seinen kurzen Gliedern gar nicht zugetraut hätte, sprang er auf und holte frisches Papier. Grinsend setzte er sich hin und begann zu schreiben.

»An seine Exzellenz, John Murray, 4.Earl of Dunmore, Gouverneur von Virginia...«

Er musste unbedingt herausfinden, welche Titel dieser Mann noch inne hatte.

»Eure Lordschaft! Es ist kund geworden, dass sich ein gewisses Ehepaar Jenkins seit der Rückkehr Eurer Lordschaft in Ihren Diensten befindet...«

Ryker hielt inne. Mit dem Wissen, dass Mrs Jenkins die uneheliche Schwester Godfreys war, gab er Dunmore sozusagen eine Waffe gegen den anglo-irischen Adeligen in die Hand. Es war ihm bekannt, dass die beiden mit ihren Minen geschäftlich in Konkurrenz standen. Godfreys Aufstieg im letzten Jahr war rasant gewesen, der Mann war nun sogar im Parlament in London gelandet.

Irgendwie musste Ryker es schaffen, dass Dunmore Jenkins mit nach London nahm. Er musste das Schreiben so verfassen, dass Dunmore anbiss. Zuviel durfte der Schotte aber nicht erfahren. Auch wenn der Mann seine Kolonie verloren hatte, so galt er doch als brillianter Taktiker. Ryker musste aufpassen. Das Schreiben musste unbedingt anonym verfasst werden. Der schlaue Advokat brachte seinen Brief zu Ende. Er schloss mit den Worten:

»Ein Euch wohlgesinnter Freund«

Ryker grinste.

»Und nun zu Dir, Sir William!«, murmelte er.

Er stand erneut auf und ging zu einem Geheimfach im großen Schrank, dass nur er kannte. Darin befand sich Papier mit dem Briefkopf einer nicht existenten Londoner Anwaltskanzlei und das dazu passende Siegel.

»Eure Lordschaft.«, begann er erneut. Dabei schrieb er nun mit seiner linken Hand, wodurch er ein völlig anderes Schriftbild erzeugte, als mit seiner Rechten.

Ryker verschrieb sich, er hatte diese Täuschungsart schon lange nicht mehr angewandt. Er warf das Blatt ins Feuer, nahm einfaches Paper und übte eine ganze Weile, bis er wieder sicher war.

Schließlich beendete er den Brief an Godfrey, streute Löschsand darüber, versiegelte ihn und steckte ihn in seine Jacke. Er würde das Schreiben etwas mit sich herumtragen und ihm ein paar Knicke und Wasserspritzer zufügen, damit es authentischer aussah.

Aber bereits morgen früh würde der Brief in Godfreys Stadthaus in Dublin liegen.

Jetzt musste Ryker nur noch seinen Informanten kontaktieren. Das war normalerweise schwierig, denn der Mann war in Diensten seines Herren mittlerweile ständig zwischen England und Irland unterwegs. Doch die Notiz ließ den Anwalt hoffen, dass der Mann heute Abend in Dublin sein würde. Und der Treffpunkt stand fest. Ryker sah auf seine Taschenuhr. Noch vier Stunden bis zum Dinner.

Im Pub

Hammelfleisch gehörte nicht zu Horatio Rykers Favoriten. Trotzdem bestellte er eine Portion, da es hier einfach nichts anderes gab. Einfache Gaststätten wie diese waren ihm vertraut, die Gesellschaft von gewöhnlichen Menschen war ihm lieber als die feiner Leute. Hier verkehrten Soldaten, rangniedrige Offizier, Dockarbeiter, kleine Angestellte. Ein paar leichte Mädchen waren auch da, doch der Wirt hier wollte keinen Ärger und warf sie hinaus, wenn sie zu offensichtlich versuchten, hier ihrem Gewerbe nachzugehen. Ryker hatte sich einen Platz in der Ecke gesichert, er wartete nach seinem Essen bei einem Krug Cider auf einen ganz bestimmten Mann. Es war schon spät und der Anwalt war kurz davor, das Warten aufzugeben.

Da betrat ein großer Mann um die Fünfzig des Lokal, nahm seinen Hut ab, und entblößte so sein beinahe kahles Haupt, dass nur noch einen grau-silbernen Kranz aufwies. Markanterweise trug der Mann einen gewaltigen Backenbart, sein Kinn und die Mundpartie waren jedoch gut rasiert. Er hatte große, starke Hände. Als er seinen Mantel geöffnet hatte, winkte er dem Barkeeper zu und bestellte sich einen Krug Bier. Den Mantel legte der Herr jedoch nicht ab. Darunter schien er so etwas wie ein Livree, eine Dieneruniform, zu tragen. Während er trank, drehte er sich mit den Rücken zum Tresen und musterte die anwesenden Personen. Sein Blick blieb kurz an Ryker hängen, der in diesem Moment sein Glas leerte und aufstand.

Der Backenbärtige zahlte sein Bier, setzte seinen Hut wieder auf und verabschiedete sich. Auch Ryker nahm Spazierstock, Mantel und Hut, ging zum Tresen und zahlte seine Zeche, kleidete sich ohne Eile an und verließ den Pub.

In einer dunklen Gasse nebenan wartete der Diener auf den Anwalt.

»Hier ist ein Brief, der morgen unter der Post seiner Lordschaft sein muss«, sagte Ryker ohne weitere Begrüßung zu ihm und übergab Hobbs das versiegelte Schreiben aus seiner Jackentasche.

»Sir, es gibt Neuigkeiten. Ich musste für Godfrey einen Mann aus dem Verkehr ziehen, der die beiden in Edinburgh erkannt hat!«

»Na und? Das ist Ihr Problem, Hobbs. Hätten Sie

damals die richtigen Leute angeheuert, wären die beiden niemals in Amerika angekommen!

»Das stimmt schon, aber die Zeit war knapp. Diesen Haynes habe ich im Hafen nur zufällig getroffen. Ich konnte ja schlecht selbst an Bord gehen.«

»Verdammt! Nun, gut. Sie melden mir, was Godfrey vorhat. Diesen Mann aus Edinburgh hätten wir brauchen können. Das ist Ihnen wohl nicht in den Sinn gekommen?«

»Natürlich, Sir. Darum glaubt auch nur seine Lordschaft, dass er tot ist. In Wirklichkeit wartet er in London auf Ihre Anweisungen. Sein Name ist Leister Bonham. Hier ist seine Adresse«, gab der Mann mit Backenbart zurück und überreichte Ryker einen Zettel.

»Sehr gut, Hobbs. Sie halten mich auf dem Laufenden. Und was Ihre Angelegenheit angeht, es gibt gute Neuigkeiten! Ich habe die Freilassung Ihres Sohnes in Aussicht gestellt bekommen!«

»Wirklich, Sir? Das ist ja wunderbar. Ich danke Ihnen!«, sagte Hobbs freudig.

»Aber da ist noch eine Sache, die Sie für mich machen müssen. Es wird jedoch noch etwas dauern, bis es soweit ist.«

»Egal, was es ist, Sir! Ich mache es!«

»Jemand hat mich sehr enttäuscht. Dieser Mann

muss aus dem Weg geschafft werden!«

»Ich weiß, wen Sie meinen, Sir! Benjamin Jenkins!«

Ryker machte sich auf den Heimweg. Er hatte Hobbs nicht belogen. Das die Freilassung allerdings mit einer Deportation auf Lebenszeit verbunden sein würde, wollte er lieber nicht sagen. Schwierig genug, einen wegen Hochverrat Verurteilten vor dem Schafott zu bewahren. Schwierig und kostspielig. Ryker hatte zudem über weitere Mittelsmänner agieren müssen, um nicht selbst in Erscheinung zu treten.

Doch um sich die Loyalität und unbedingte Treue einer Person aus dem direkten Umfeld Lord Godfreys zu sichern, war ihm das weder zu aufwendig, noch zu teuer. Am Ende würde man sich solcher Helfer sowieso diskret entledigen müssen. Diesen Bonham würde er am besten sofort kontaktieren. Ein wichtiger Zeuge und ein weiteres Ass in seinem Ärmel.

Gedankenverloren schlenderte der Anwalt die Gassen entlang. Erst jetzt wurde er gewahr, dass es nicht ganz ungefährlich war, hier alleine in der Nacht herumzulaufen. Doch er war ja nicht leichtsinnig und unbewaffnet. Trotzdem beschleunigte er seine Schritte.

Ryker kam ins Schwitzen, sein Herz pochte. All diese dunklen Gassen. Hinter jeder Ecke konnte ein Räuber warten. Er war kurz davor, in Panik zu geraten.

»Geht es Ihnen gut, Sir?«, fragte ihn ein ziemlich heruntergekommener Mann, der plötzlich vor ihm auftaucht war und sehr nahe kam. Ein Bettler, wie es ihn hier in Dublin zu hunderten gab.

»Was? Bleib mir vom Leib!«, schrie ihn Ryker erschrocken an. Er zog einen verborgenen kurzen Degen aus dem Gehstock und stach sofort auf den Mann ein. Der sackte mit einem Stöhnen zu Boden. Er rührte sich nicht mehr.

Ein weiterer Mann, der nicht weit entfernt stand, hatte die Szene beobachtet.

»Zu Hilfe! Ein Mörder! Zu Hilfe!«, schrie er. Verfolgen konnte der Mann, der ebenfalls ein Bettler war, den Täter allerdings nicht, denn er hatte nur ein Bein.

Ryker warf die blutige Waffe weg und rannte davon. Erst nach einer knappen Meile blieb er stehen und japste nach Luft. Bis zu seinem Haus waren es nur noch ein paar Straßen. In seiner Linken hielt er noch den leeren Stock. Er sah ihn an und fluchte. Langsam ging er weiter, dabei blickte er sich ständig um. Doch niemand war ihm gefolgt.

Investigation

Zwei Männer standen über der Leiche des Bettlers gebeugt in der Strasse. Ein Stich direkt ins Herz. Das war nicht schwer herauszufinden gewesen.

»Und? Was sehen Sie noch?«, fragte der Ältere der beiden. Er hielt den linken Arm etwas seltsam, als sei er behindert.

»Raubmord?«, sagte der Jüngere zögernd.

»Stoves, das ist doch Blödsinn! Sieht der Mann aus, als hätte man ihn ausrauben können? Also, was ist das Offensichtliche? Was sehen Sie?«

»Einen armen Bettler, Sir. Nicht gerade gut ernährt. Kaum noch Zähne. Heruntergekommene Kleidung..., und, er stinkt, Sir.«

»Schon besser! Nun die Umgebung. Wo sind wir hier?«, fragte der Vorgesetzte weiter. Er trug eine gepuderte Perücke, eine goldfarbene, runde Drahtbrille saß auf seiner Nase.

»Äh, in Dublin, Sir?«

»Was Sie nicht sagen, Stoves! Sie Dummkopf! In welcher Art von Viertel?«

»Äh, ich würde sagen, nicht das schlechteste. Aber auch nicht das beste.«

»Das ist eine unpräzise Aussage. So etwas darf nicht in Ihrem Bericht stehen. Genauigkeit, Fakten. Präzision. So wie dieser Einstich. Präzise ins Herz. Entweder ein Glückstreffer oder geübt, würde ich sagen!«

»Sir, wir haben einen Zeugen!«, unterbrach ein weiterer Mitarbeiter die Ausführungen des Polizeibeamten.

»Aha! Das wird Licht in die Sache bringen. Los, Stoves, kommen Sie mit!«

Wenig später saß der Constabler mit dem Zeugen in einem kleinen Büro der Stadtverwaltung. Seit etwa einem Jahr war er nun im Amt, nachdem man ihn aus der westirischen Provinz hierher beordert hatte. De facto war es keine Beförderung gewesen, denn dort hatte er immerhin den Posten eines Sheriffs bekleidet. Wegen einer Verwundung war er aber gezwungen gewesen, sich nach einer anderen Anstellung umzusehen. Hier in Dublin verdiente er mit dieser Polizeiarbeit im Auftrag der Gerichtsbarkeit der Stadt zwar fast das gleiche, die Lebenshaltungskosten waren hier in der Stadt allerdings drei mal so hoch wie auf dem Land.

»Mr. Collins, Sir. Ich habe ...«

Der Constabler Adam Collins hob die Hand.

»Ruhe! Ich bin hier in einer Zeugenvernehmung. Alles andere hat zu warten, bis ich fertig bin. Wenn Sie nicht den Mörder haben, sehe ich keinen Grund, mich zu unterbrechen.«

Stoves zog den Kopf ein. Heute morgen hatte der Constabler wieder einmal sehr schlechte Laune. Das lag wahrscheinlich am Wetter, bei diesem kalten Nebel schmerzte seine alte Verletzung.

»Nun, Mister? Wie war gleich Ihr Name?«, führte Collins die Befragung fort.

»Cummings, Sir. Ich war Schütze, beim 43sten! Infanterieregiment, mein' ich. General Wolfe!«, antwortete der Mann in militärischer Manier.

»Nun, Mr. Cummings, das ist sehr schön, spielt hier aber keine Rolle. Was können Sie mir zum Tathergang und über das Opfer sagen?«

»Old Pat nannten wir ihn. Wie er genau hieß, weiß ich nicht. War ein netter Bursche. Immer freundlich, tat keiner Fliege was zu leide.«

»Aha. Patrick, vermutlich. Was ist gestern Nacht geschehen?«, fragte Collins weiter, blieb aber sehr freundlich und gelassen, »Lassen Sie sich Zeit, Mr. Cummings. Und bitte, der Reihe nach.«

Cummings erzählte von seinen Erlebnissen am Vorabend, mehreren Stunden des erfolglosen Bettelns, von kleinen Streitereien, und daß man sich eigentlich schon zu Schlafplatz, der ganz in der Nähe des Tatortes sei, habe zurückziehen wollen. Dann sei dieser kleine Mann aufgetaucht, der sehr nervös gewirkt habe. Old Pat habe ihn freundlich angesprochen, aber der Mann habe ohne Grund sofort zugestochen. Dann sei der Mann geflüchtet. Cummings habe sofort um Hilfe gerufen, er selbst habe dem Mann aber auf einem Bein nicht folgen können.

»Hab' ich in Amerika gelassen, das andere. Auf der anderen Seite der Welt! Diese verdammten Franzosen. Waren eigentlich schon geschlagen, diese Hurensöhne! Aber schossen trotzdem weiter. Der letzte Schuß, Sir! Ausgerechnet der zerschlägt mir das Bein. Das war 59, in Quebec, Sir!«

»Sie sind also Kriegsinvalide? Haben Sie denn keine Entschädigung erhalten?«

»Hä? Wo leben Sie denn? Ich musste den Feldscher noch dafür bezahlen, dass er mir das Bein abgeschnitten hat. Sonst läge ich wohl auch bei meinem Bein auf der anderen Seite der Welt!«

»Ah, ja. Na gut, lassen wir das! Kommen wir zu den Angaben über den Täter. Wie sah der Mann aus?«

»Hab ihn nur von hinten gesehen. Keine Ahnung. Nicht so groß. Aber ertrug einen großen dunklen Hut, so einen neumodischen! Kein Gentlemenhut. Eher wie ein umgedrehter Topf.«

»So, so. Ein Castorhut, vermutlich…«, murmelte Collins, »Kleidung?«

»Gut!«

»Wie, gut?«

»Na, gut eben. Dunkel, nehme ich an. So genau kann ich das nicht sagen, es war ja Nacht.«

»Was haben Sie sonst noch bemerkt?«

»Der Mann hat seinen Degen gezogen und Old Pat abgestochen wie ein Schwein. Er hatte keine Chance!«

»Ohne Vorwarnung?«

»Nee! Pat ging auf ihn zu, um ihn anzuschnorren, denk' ich. Und dann hat der Kerl zugestochen!«

»Womit genau? Haben Sie die Tatwaffe gesehen?«

»Keine Ahnung. Muss ein langes, dünnes Messer oder so gewesen sein.«

»Na, gut. Das genügt für's erste. Sie können gehen.«

»Ich hoffe, Sie kriegen das Schwein, Sir! Das hat Old Pat verdient!«, sagte der Bettler im Hinausgehen.

»Das hoffe ich auch«, murmelte Collins. Dann rief er nach seinem Gehilfen: »Stoves! Was wollten Sie denn so dringend?«

Dieser kam angelaufen und begann ziemlich aufgeregt zu plappern.

»Die Waffe, Sir! Wir haben die Tatwaffe. Es ist ein kurzer Degen, aber ein ganz besonderer. Lag ganz in der Nähe im Dreck, ich meine, im Rinnstein. Es klebt noch Blut dran. Blut vom Opfer!«

»Immer mit der Ruhe, Stoves! Nur Fakten, keine Vermutungen. Also: Sie haben eine Stichwaffe in der Nähe des Tatortes entdeckt, die möglicherweise die Tatwaffe ist. An dieser Waffe klebt Blut, welches möglicherweise vom Opfer stammt. Präzision, junger Mann! Keine Vermutungen oder Mutmaßungen! Können Sie das Blut an der Waffe als das Blut des Opfers identifizieren? Nein, niemand kann das! In der Nähe des Toten wurde also eine Stichwaffe gefunden. Das Opfer wurde erstochen. Das sind die Fakten. Dass es sich mit hoher Wahrscheinlichkeit um die Tatwaffe handelt, ist nur eine Vermutung. Wenn der Zeuge die Waffe identifiziert, so würde sich diese Vermutung bestätigen. Aus einem Indiz wird dann ein Beweis. Also: Geben Sie mir das Ding und wir werden es eingehender untersuchen.«

Stoves legte eine etwa einen Fuß lange Degenklinge, die sehr scharf geschliffen war, auf den Schreibtisch seines Chefs. Es war in einen schmutzigen Lappen gewickelt. Collins schlug den Stoff beiseite. Offensichtlich klebte Blut an dieser Klinge. Der Griff war seltsam abgewinkelt, aus Messing und sah aus, als gehörte er zu einem Spazierstock und nicht zu einer Waffe. Er stellte einen Entenkopf dar. Am Übergang zwischen Griff und Klinge befand sich ein Bajonettverschluss. Diese Waffe war anscheinend in einem Stock verborgen gewesen. Das war die Waffe eines feinen Herren, eines Gentleman, der sich im Bedarfsfall damit zu verteidigen wußte. Vielleicht war Cummings Geschichte gelogen und der Besitzer der Klinge hatte sich nur gewehrt? Wie dem auch sei, ein Mensch war getötet worden. Und er, Constabler Adam Collins, würde den Fall lösen. Die Ermittlung der Beweggründe und die Verurteilung war Sache der Gerichte.

Collins betrachtete die Waffe eingehend. Die Klinge war unauffällig, keine Gravuren. Der Griff sah interessanter aus. Ein Entenkopf aus Messing. Sehr speziell. Ein Hinweis auf einen Jäger, oder gar auf einen Namen? In jedem Fall exzentrisch, dachte sich der Beamte.

»Erkennen Sie die Waffe wieder? Ist das die Tatwaffe?«, fragte er den Zeugen, den man schnell wieder zurück in das Büro gebracht hatte. Weit war er auf einem Bein nicht gekommen. Der Mann zuckte nur mit den Schultern. Da der keine Angaben dazu machen konnte, entließ ihn Collins endgültig.

Als der Constabler alleine war, besah er sich das Artefakt genauer. Die Ente. Dumm, einfältig, achtlos. Das waren die Attribute, die er einer Ente zuordnete. Gut, gebraten sehr schmackhaft. Warum eine Ente? Niemand würde sich damit identifizieren. Oder vielleicht doch? Als Tarnung, beispielsweise? Oder ein Wappentier? Er würde Stoves damit beauftragen, Zeichnungen dieses Griffes anzufertigen. Das Zeichnen war Stoves beste Fähigkeit. Damit würde man bei allen Herrenausstattern und Silberschmieden in Dublin nachfragen lassen. Die Waffe war auf jeden Fall eine vielversprechende Spur. Auch Castorhüte waren hier noch nicht weit verbreitet. Der Constabler rechnete sich aus, einen nicht allzu großen Kreis Verdächtiger Personen ausmachen zu können. Mit diesen Ergebnissen würde Collins nun zu Richter Duncan gehen und ihm berichten. Dann musste der Richter entscheiden, ob eine weitere Untersuchung anzuordnen war. So lautete die Vorschrift. Collins sah keinen Grund, warum der Richter dies nicht tun sollte, schließlich konnte auch er die Fakten nicht ignorieren.

Musikabend

Mollys runder Bauch war unübersehbar. Ben bemühte sich den ganzen Abend, ihr die Leute vom Leib
zu halten. Viele der Konzertbesucher hatten bereits
die ersten Auftritte der schwangeren Sängerin besucht
und diesem Abend geradezu entgegengefiebert. Molly
wurde von Geschenken und Glückwünschen geradezu
überhäuft. Ben war gar nicht bewusst gewesen, wie
gut Mollys Gesang beim Publikum angekommen war.
Doch dieses starke Interesse stresste Ben sehr. Seiner
Aufgabe, in aller Ruhe Kontakte und Beziehungen zu
knüpfen, konnte er gar nicht nachkommen, denn alleine Molly stand im Mittelpunkt jeglichen Interesses.
Auch der Bräutigam Lady Catherines, Edward Bouverie, versuchte ständig, in Mollys Nähe zu sein, wie
Trauben hingen vor allem junge Männer an ihr, um-
schwärmten sie und überhäuften sie mit Komplimen-
ten.

Ben versuchte freundlich, aber vergeblich, die Herren um Abstand zu bitten. Eine gute Stunde nach dem Konzert gelang es ihm endlich, Molly alleine in einem Nebenraum zu bugsieren, damit sie sich etwas ausruhen konnte. Doch Molly war so enthusiastisch, dass sie gar keine Ruhe wollte.

»Das ist ein sehr erhebendes Gefühl, wenn man so viel Verehrung entgegengebracht bekommt! Unglaublich, ich fühle mich wie eine Königin!«, sagte sie und ließ sich auf eine Couch plumpsen.

»Molly, das ist nicht gut! Die Leute waren ja wie verrückt nach Dir. Eine solche Bekanntheit ist sehr gefährlich für uns. Ich habe die Befürchtung dass Bonham kein Einzelfall ist. Du solltest Dich nicht mehr in der Öffentlichkeit zeigen!«

»Was? Soll das heißen, dass ich mich verstecken soll, Benjamin Jenkins?«

»Zumindest, bis das Kind geboren ist. Und dann sollten wir unsere ganze Aufmerksamkeit dem Kind widmen!«

Molly schmollte. Immer, wenn ihr etwas zu gelingen schien, wurde sie von ihrem Mann ausgebremst. Doch bevor sie Ben eine saftige Retourkutsche geben konnte, kam Mr Pimble in den Raum.

»Mrs. Jenkins! Meinen herzlichen Glückwunsch! Was soll ich sagen? Sie waren großartig! Wir müssen darüber sprechen, wann Sie Ihre Konzertreise beginnen!«

»Was? Welche Konzertreise? Sehen Sie nicht den Zustand meiner Frau, Mr. Pimble? Ich werde das niemals erlauben!«, fuhr Ben den Konzertmeister nun ungewohnt scharf an.

»Sir, bei allem Respekt! Nicht in diesem Ton! Wir haben eine Vereinbarung. Pro Konzert ein Pfund Gage. Und Mrs. Jenkins hat mir bereits zehn Konzerte zugesagt. Ich habe Ihre Frau im voraus bezahlt!«

»Wie? Du hast was? 10 Pfund? Bist Du verrückt? Jetzt im Winter zehn Konzerte? Sir, Sie erhalten Ihr Geld natürlich zurück! Das ganze kommt nicht in Frage!«

»So einfach geht das nicht, Mr. Jenkins! Die Gage ist die eine Sache. Bereits verkaufte Karten und bestellte Veranstaltungsorte eine andere. Eine Absage bedeutet Verluste im dreistelligen Bereich!«

Ben sah Molly fassungslos an. Was hatte sie hinter seinem Rücken ausgemacht? Das war ihrer beider Ruin!

Doch Molly blieb ganz ruhig.

»Ben, beruhige Dich. Mr. Pimble, keine Angst. Ich werde auftreten, so wie wir es geplant haben. Ben, stell Dir vor, mit einem Orchester! Die Konzerte finden erst im Frühjahr statt. Ich bekomme erst das Kind und dann, wenn ich mich erholt habe, geht es los. Wir müssen auch erst proben. Und da ist noch etwas. Mr. Pimble meinte, ich solle einen Künstlernamen annehmen.«

»Molly, nein! Das ist doch reiner Wahnsinn!« sagte Ben flehentlich.

»Was hältst Du von Marian Wallace?«

»Was?«

»Als Künstlername. Wie findest Du ihn?«

»Molly, ich sagte doch, ich bin dagegen!«, versuchte Ben nocheinmal zu intervenieren.

»Also, Mr. Pimble findet ihn hervorragend, nicht wahr? Er klingt so schottisch!«, sagte Molly nur, als ob Ben gar nichts gesagt hätte.

Pimble nickte nur und lächelte freundlich.

»Nun, meine Liebe, was halten Sie von einer kleinen Zugabe für Ihr Publikum?«

Empfehlung

Richter Duncan saß an seinem Schreibtisch und schnäuzte sich herzhaft. Der Schnupftabak von Ryker war wunderbar erfrischend. Trotzdem konnte der Richter diesen Anwalt nicht leiden. Er war ihm zu forsch, beinahe unverschämt. Seine ständigen Versuche der Einflussnahme auf alle Richter waren ihm zuwider. Wie ihm bekannt geworden war, hatte Ryker auch über ihn Nachforschungen angestellt und war bestimmt in der einen oder anderen Weise fündig geworden. Duncan wußte, dass er nichts gegen diesen Mann ausrichten konnte, solange er seinerseits nichts gegen ihn in der Hand hatte. Rykers Informanten lauerten an jeder Ecke. Es war nur eine Frage der Zeit, bis der Anwalt ihn mit einer unangenehmen Wahrheit konfrontieren werden würde.

Er wurde in seinen Gedanken gestört, als Collins angemeldet wurde. Dieser Constabler war auch nicht gerade eine Quelle der Freunde für den Richter. Seit er hier in Dublin war, wurde Duncan mit Arbeit überschüttet. Fast jeden Tag brachte er irgendwelche Beweise und Fakten, denen man richterlich nachgehen sollte. Aber gerade in den Vorstädten waren Raub, Mord und Totschlag an der Tagesordnung. Um jeden Vorfall aufklären zu wollen, man hätte die Anzahl der Richter verdoppeln müssen. Trotzdem, ignorieren konnte Duncan diese Angelegenheiten nicht, denn Collins arbeitete akribisch und genau. Zu genau.

Doch Richter Duncan hatte eine Anfrage auf dem Tisch, die dieses Problem lösen konnte.

»Mein lieber Constabler! Was treibt Sie heute zu mir? Lassen Sie mich raten! Ein Kapitalverbrechen?«, rief er Collins entgegen.

Dieser verneigte sich, begrüßte seinen Vorgesetzten und begann sogleich mit seinen Ausführungen.

»Ja, Sir, ich fürchte, so ist es. Gestern Abend wurde ein Mann im Westend ermordet. Nach Zeugenaussage war der Mann unbewaffnet und arglos.«

»Was für ein Zeuge?«

»Immerhin ein Kriegsveteran. War zum Zeitpunkt der Vernehmung nicht betrunken. Leider konnte er den Täter nicht erkennen und verfolgen. Der Zeuge hat nur ein Bein.«

»Nun gut. Haben Sie sonst noch etwas? Ansonsten

ist das sehr wenig!«

»Wir haben die mutmaßliche Tatwaffe. Hier ist sie!«

Collins legte das lange, dünne Messer mit dem Entenkopfgriff auf den Schreibtisch de Richters.

Duncan erkannte es sofort, er versuchte aber, sich nichts anmerken zu lassen.

»Das ist alles? Nun, solche Waffen sind bei allen Herren der feinen Gesellschaft verbreitet. Da wird man kaum die Chance haben, sie jemandem zuzuordnen. Und selbst wenn, ist es ein Indiz, kein Beweis, Collins!«

»Dennoch ein starkes Indiz, Sir. Ich möchte alle Silberschmiede und Herrenausstatter befragen lassen.«

»Sind Sie wahnsinnig, Collins? Wer soll das machen? Dafür bräuchten Sie mehr Männer. Haben Sie nichts besseres zu tun?«

»Äh, doch, Sir! Aber, immerhin geht es hier um Mord!«

»Wer war das Opfer?«, wollte Duncan schließlich wissen.

Collins ahnte bereits, dass nun ein Argument des Richters folgen würde, dass er schon oft gehört hatte.

»Nun?«, fragte Duncan ungeduldig.

»Der Mann hieß Patrick. Genannt Old Pat.«

»So, so! Ein Bettler, nehme ich an? Nun, auch wenn der Mann wie der Nationalheilige Irlands hieß, ich sehe keinen Grund, warum man diesen Fall weiter verfolgen sollte. Die Aussicht auf Erfolg ist zu gering. Schließen Sie die Akte. Kümmern Sie sich lieber um die Sache im Hafen!«

»Aber, Richter Duncan...«, wollte Collins protestieren.

Doch der Richter unterbrach ihn.

»Constabler, das letzte Wort in dieser Angelegenheit ist gesprochen. Da ist aber noch etwas anderes. Ich habe hier eine Anfrage aus London. Sie wurden an höherer Stelle für eine neue Abteilung des Innenministeriums empfohlen. Ich soll Ihnen dieses Schreiben übergeben. Wägen Sie gut ab, ich würde Sie aber nur ungern ziehen lassen.«

Duncan reichte Collins einen verschnürten und versiegelten Umschlag.

»Was für eine Abteilung, Sir?«

»Lesen Sie. Ich kann Ihnen darüber nichts sagen. Und nun lassen Sie mich alleine, ich habe zu tun. Diese Waffe können Sie hier lassen. Ich werde sie verwahren. Meine Empfehlung an Miss Collins!«

Collins wußte, dass es keine Widerrede gab. Damit, dass Duncan die Waffe einbehalten könnte, hatte er gerechnet. Auch darum hatte er die Zeichnungen anfertigen lassen. Sie waren sehr genau und gaben alle

Besonderheiten und Kratzer wieder. Er verabschiede-te sich und ging. Bei Gelegenheit würde er die Sache weiterverfolgen. Aber dieses Schreiben? Collins unter-drückte den Impuls, das Siegel sofort zu brechen. Er ging in sein Büro, schloss die Türe hinter sich und setz-te sich an seinen Arbeitsplatz.

Ein offizielles Siegel, kein Zweifel. Der Absender war ein gewisser Sir John Fielding in London. Collins hatte von dem Mann gehört. Seine Männer vom Metropoli-tain Police Service waren professionelle Detektive, die gegen die steigende Kriminalität in der Hauptstadt ar-beiteten. Im Gegensatz zu der Abhängigkeit der Polizei in der Provinz von den örtlichen Richtern hatte diese mehr oder weniger private Polizeitruppe ein eigenes Budget von der Regierung. Collins bekam schweißige Hände. Eine Berufung zu dieser Truppe nach London wäre wahrlich die Krönung seiner Karriere! In seinem Alter und noch dazu mit seiner Kriegsverletzung hatte er nicht mehr gewagt, mit so einem solchen Angebot zu rechnen.

Für seine Tochter würde sich in London sicherlich auch leichter eine gute Partie finden lassen, schließlich war sie immer noch ledig und bereits 21 Jahre alt!

Geburt

»Ist das alles, Jenkins? Ein paar magere Seiten mit Zahlen über die Männer, die ich Ihnen auf die Liste setzte? Lächerlich! Sie taugen wirklich nicht als Spion. Alles, was da steht, weiß ich längst. Ich hätte Sie in Amerika lassen sollen. Als Spion für die Patrioten! Denen hätten Sie wahrscheinlich mehr geschadet als geholfen!«

Peinlich berührt sah Ben zu Boden. Dunmore hatte recht. Der Bericht, den er verfasst hatte, einhielt keinerlei Neuigkeiten oder gar Enthüllungen. Das war auch Ben klar. Es hatte gar keine Möglichkeit gegeben, am Abend des Konzertes irgend jemanden zu befragen oder in ein Gespräch zu verwickeln. Nur Glückwünsche, mit so einer schönen und außergewöhnlich begabten Sängerin verheiratet zu sein. Doch davon konnte Ben sich nichts kaufen.

»Sir, ich muss gestehen, dass der Rahmen eines Konzertes schlecht geeignet für mein Vorhaben war. Ich muss mich in aller Form entschuldigen. Ich habe das falsch eingeschätzt«, bemühte sich Ben um Schadensbegrenzung.

»Ach was, Jenkins. Schwamm drüber!«, sagte Dunmore jovial, »Sie wollten Ihre Frau nicht alleine lassen, oder? Ich habe vom Erfolg Ihrer Gattin gehört. Mr. Bouverie schwärmte mir in den höchsten Tönen. Er möchte Ihre Frau zu seiner Hochzeit engagieren. Dann käme ich ja auch auf den Genuss einer Vorführung!«

Ben hatte Glück, dass der Lord bestens gelaunt war.

»Das wäre ihr sicherlich eine ganz besondere Ehre, Sir!«, sagte Ben und verneigte sich.

»Nun, Mr. Jenkins, dann haben Sie es ja leicht, ein Hochzeitsgeschenk für Ihre Schülerin, unsere Tochter Lady Catherine, zu machen.«

»Ah, ...ja, natürlich, Sir!«, stammelte Ben. Die Hochzeit stand also bereits an und der Brautvater sparte sich gerade die Gage für eine Darbietung im Programm.

»Darf ich fragen, wann dieses wunderbare Fest sein wird, Sir?«

»Im Mai, mein Lieber, im Mai!«

Ben durfte sich entfernen. Molly würde auf einer Hochzeit des Hochadels singen. Das würde ihre Bekanntheit noch weiter steigern und noch mehr Auftritte nach sich ziehen. Auch ein Künstlername würde nichts daran ändern, dass es immer gefährlicher für sie beide werden würde. Sollten ihnen wieder nur wenige Monate des Glücks in ihrem Cottage in Falkirk beschieden gewesen sein? Wären sie doch nur in Virginia geblieben!

Ben beendete den Arbeitstag und machte sich auf den Weg nach Hause. Auf den Feldern und Wegen lag Schnee, und es blies ein eisiger Wind. Seit einer Woche erwartete die Hebamme die Geburt. Molly ging es gut, aber Ben machte sich jeden Tag mehr Sorgen. Ben ritt auf seinem Pferd, dass er Weihnachten von den letzten Goldmünzen gekauft hatte, nach Hause. Im kleinen Stall hinter dem Haus sattelte er es ab, rieb den feuchten Rücken des Tieres trocken und gab dem Tier Futter. Die Ziege schien bereits gemolken worden zu sein und der Stall war sauber. Ben wunderte sich etwas, denn er hatte erwartet, dass er würde ausmisten müssen, da Molly kurz vor der Geburt stand und kaum noch etwas tun konnte.

»Ich bin wieder zu Hause!«, rief er fröhlich und öffnete die Türe.

»Ben! Schön dass Du da bist! Sie mal, wer zu Besuch gekommen ist! Ein alter Kollege aus Dublin! Du hattest gar nicht erwähnt, dass er kommen wollte. Aber nun ist er ja hier. Ist das nicht eine Freude?«, begrüßte Molly ihren Mann strahlend.

Da der Sessel, in dem der Besucher saß, mit der Rückseite zum Eingang stand und eine sehr hohe Lehne hatte, konnte Benjamin nur einen kahlen Kopf erkennen. Nun, da sich der Mann erhob, erschrak Ben sehr.

Es war Frederic Hobbs, der Diener von Sir William Godfrey. Er hatte sich seines Backenbartes entledigt und sah so wesentlich jünger aus.

»Sie? Was wollen Sie hier, Hobbs?«, rief Benjamin laut, »Sind Sie gekommen, um uns zu töten? Sie haben doch Haynes auf uns gehetzt, oder? Hat sie Godfrey hierher geschickt, um Ihren Auftrag zu Ende zu bringen?«

»Was? Sie sind Hobbs?«, rief nun Molly erschrocken. Hobbs hatte sich ganz freundlich hier eingeschmeichelt, hatte sich allerdings nur mit seinem Vornamen Frederic vorgestellt und sogar ein Geschenk in Form eines großen Korbes voller Obst, Brot und Rauchfleisch mitgebracht. Molly kannte den Diener aus dem Haus von Godfrey schließlich nur dem Namen nach.

»Und ich habe Sie hereingelassen?«

»Bitte, Mr. Jenkins, Mrs. Jenkins! Lassen Sie mich erklären! Ich komme in niemandes Auftrag. Ich bitte

Sie um Ihre Hilfe!«

»Indem Sie uns Mörder auf den Hals schicken? Ich fasse es nicht!«, rief Ben ausser sich.

Molly lief zum Küchenschrank, wo sie ihre Pistole verwahrte.

»Lassen Sie mich erklären! Bitte, nur fünf Minuten! Ich erzähle ihnen alles! Dann können Sie mich fortschicken!«

Molly riss die Waffe aus dem Schrank und richtete sie auf Hobbs.

»Eine falsche Bewegung, und ich schieße! Und ich treffe gut!«, rief sie mit sich überschlagender Stimme.

»Um Himmels willen, Madame! Nehmen Sie die Waffe herunter. Ich schwöre Ihnen, wenn Ich Sie hätte töten wollen, ich hätte es längst getan. Glauben Sie denn, ein Mörder mistet Ihnen den Stall aus?«, flehte der Besucher.

Ben sah Molly an. Er nickte ihr zu. Molly senkte die Waffe. Sie setzte sich auf den Küchenstuhl. Ein starker Schmerz durchfuhr ihren Unterleib. Sie atmete schwer um den Schmerz auszuhalten.

»Molly, was ist?«

»Geht schon wieder, Ben«, presste sie heraus, »es sind die Wehen, sie kommen aber noch in sehr großen Abständen. Misses Galloway kommt heute Abend, hat sie gesagt.«

»Sie sollten die Hebamme gleich holen«, sagte Hobbs.

»Ach, was! Es geht schon wieder«, sagte Molly gefasst. Sie atmete die Wehe weg, wie es ihr die Geburtshelferin gesagt hatte. Die Männer sahen zunächst gebannt, dann erleichtert zu, wie sich Molly nach kurzer Zeit entspannte.

»Also gut, Hobbs. Reden Sie, bevor wir es uns anders überlegen!«, sagte Ben nun. Er war hin und hergerissen. Sollte er nicht vielleicht doch lieber sofort die Hebamme holen?

»Mrs. Jenkins, Mr. Jenkins. Es stimmt, ich habe Haynes beauftragt, sie zu töten. Aber ich handelte nicht im Auftrag von Sir Godfrey, sondern im Auftrag von Anwalt Horatio Ryker. Er hat von mir erfahren, dass Ihr Tod nur eine Finte war. Aber es war zu spät, geeignete Maßnahmen zu ergreifen. Ich konnte nicht auf das Schiff. Ich sollte einen Beutel Geld so präparieren, dass es aussah, als komme er von Lord Godfrey. Das war der Lohn für Haynes.«

Ben wurde klar, dass nur der Geldbeutel und die Beschreibung Hobbs' als greifbare Indizien vorgelegen hatten, um den Lord zu verdächtigen. Diese Beweise waren also fingiert.

»Wieso Ryker? Zugegeben, wir haben mitgespielt,

ihn zu übervorteilen, aber warum sollte er mich gleich töten lassen?«

»Ryker verliert nicht gerne. Und er hat viele Asse im Ärmel.«

»Warum haben Sie für ihn gearbeitet?«

»Ich musste. Aber ich werde für diesen Mann nicht töten. Ich kann es einfach nicht!«

Ben ahnte langsam die Zusammenhänge.

»Das Testament des alten Lords. Wieso tauchte es plötzlich auf, als ich da war?«

»Ich habe die Urkunde unter die Unterlagen gelegt. Sie war eine Fälschung von Ryker. Das Original ist verschollen.«

»Es war nicht seine Handschrift. Ich habe das Dokument gelesen, es wurde von einem Linkshänder verfasst. Hat er weitere Komplizen?«

»Es war seine Handschrift! Er kann beidhändig schreiben, Sir. Ich habe ihn einmal dabei beobachtet«, erklärte Hobbs.

»Sie haben immer noch nicht gesagt, warum Sie für ihn gearbeitet haben? Nur wegen des Geldes?«

»Es ist..., mein Sohn. Ryker hatte die Möglichkeit, meinen Sohn freizubekommen. Der Junge hat, ... Dummheiten gemacht. Er wurde wegen Hochverrates zum Tode verurteilt und saß in Newgate, dem Gefängnis von London. Ryker wollte ihn für mich frei bekommen. Es war meine einzige Hoffnung. Doch nun wurde Mathew in die Kolonien deportiert.«

»Ist er denn schuldig?«

»Er schwor, dass er unschuldig ist. Aber ein Brief, den er verfasst hat, beweist angeblich seine Schuld!«

»Und ausgerechnet der Vater dieses Verurteilten ist der Leibdiener seiner Lordschaft? Das ist doch absurd. Oder,... vielmehr perfekt eingefädelt! Mann, Hobbs! Denken Sie nach! Dahinter steckt doch ebenfalls Ryker!«

»Sir, dieser Gedanke ist mir auch schon gekommen. Darum bin ich hier. Ich hatte den Auftrag, von Ryker, sie beide aus dem Weg zu schaffen. Aber ich werde es nicht tun. Ich habe viel zu viele schlechte Dinge für diesen bösen Mann getan!«

Hobbs hielt inne. Dass er einen Brand gelegt hatte, bei dem ebenfalls Menschen umgekommen waren, hatte ausgelassen.

»Wie haben Sie es geschafft, Godfrey davon zu überzeugen, Sie nach Schottland zu schicken?«

»Gar nicht. Ich bin fortgelaufen.«

Molly schrie plötzlich auf. Das Kind wollte nun nicht mehr länger warten, die Fruchtblase platzte. Auf dem Boden unter ihr entstand eine große Pfütze. Frederic

Hobbs stand wie vom Donner gerührt im Zimmer. Ben war sofort bei ihn und trug sie zwischen zwei Wehen zum Bett.

»Alles wird gut, Liebling. Ich bin da!«, rief Ben und versuchte seine Nervosität und Aufregung zu verbergen.

»Ben, jemand muss die Hebamme holen. Es scheint jetzt schnell zu gehen!« sagte Molly, kurz bevor die nächste Wehe einsetzte.

»Hobbs, holen Sie Mrs. Galloway! Bitte, beeilen Sie sich!« rief Ben, der immer mehr Angst bekam, nun alleine mit Molly das Kind auf die Welt bringen zu müssen.

Hobbs überwand seinen Schreck und lief los, um die Hebamme zu holen. Erst draussen auf der Strasse bemerkte er, dass er gar nicht wußte , wohin ergehen sollte. Er rannte die Straße hinunter zum nächsten Haus und donnerte an die Türe, sodass die Bewohner tüchtig erschraken. Doch sie konnten ihm wenigstens sagen, wo die gesuchte Geburtshelferin wohnte. Wegen des Schnees rutschte er beim Laufen gefährlich. Er schlitterte die Straße hinunter. Zwei Ecken weiter traf er eine Frau mittleren Alters, die eine große Tasche mit sich trug. Sie war in die Richtung unterwegs, aus der Hobbs kam.

»Madame, bitte, ich suche die Hebamme, Mrs. Galloway! Bitte helfen Sie mir, es geht um Leben und Tod!«, rief er ihr entgegen.

»Dann seien Sie beruhigt, Mann. Ich bin ja schon auf dem Weg. Wie geht es Molly?«

»Sie stirbt fast vor Schmerzen! Sind Sie die Hebamme? Warum beeilen Sie sich nicht, verdammt nochmal?« schrie Hobbs.

»Wie oft kommen die Wehen?«, fragte die Frau wie beiläufig. Sie schien völlig ruhig.

»Alle fünf Minuten, Madame! Aber wenn Sie sich nicht beeilen, werde ich Sie hintragen müssen!«

»Das fehlte gerade noch, Sir! Immer mit der Ruhe, es ist rutschig. Wenn ich mir ein Bein breche, ist niemandem gedient. Wir sind ja gleich da. Hören Sie? Keine Schreie. Alles gut.«

»Wie, alles gut? Wahrscheinlich ist sie gestorben! Wir sind zu spät!«

Doch die Hebamme seufzte nur und verdrehte die Augen. Männer!

Nur Minuten später waren sie am reetgedeckten Häuschen angelangt. Da hörten Sie, wie Molly wieder schrie. Hobbs war mit den Nerven am Ende, doch Mrs. Galloway lächelte. Die Hebamme ging in das Haus, und bat ihn, draußen zu warten. Dieser hysterische Klotz machte alle nur verrückt. Nach zwei Stunden war es vorbei, Ben und Molly waren stolze Eltern einer kleinen Tochter. Sie legten Sie in das Kinderbett, Molly hatte tatsächlich ein Stück Tartan zu einem kleinen Kopfkissen verarbeitet. Nur eine Woche nach der Geburt fand die Taufe der kleinen Amanda Rose Jenkins in der Old Church in Falkirk statt.

London, Frühjahr 1778

Irgendwann würde dieser verdammte Provinzrichter bezahlen. Unverhohlen hatte Duncan den Anwalt Ryker erpresst. Eine Mordwaffe, die eindeutig ihm gehörte und ein Zeuge, der ihn sicher identifizieren konnte. Dieser Bastard. Ryker hatte seine Kanzlei verkaufen müssen. Weit unter Wert, versteht sich. Mit dem Verkauf all seinen Besitzungen, Häuser und Geschäftsanteile in Dublin zusammen hatte er nun gerade soviel zusammen, um in London weitermachen zu können. Alles hier war um das Zehnfache teurer: Mieten, Lebenshaltung, Angestellte. Das Ryker nicht vor dem endgültigen Ruin stand, hatte er nur seiner Geschäftstüchtigkeit zu verdanken. Aber ein Neubeginn kostete viel Kraft, und der Anwalt hatte seinen besten Jahre bereits hinter sich. Er hatte abgewägt, ob er nicht kämpfen sollte, doch gegen ein Geflecht von Intrigen und schwerwiegender Beweise kam auch er nicht an. Über die Jahre hatte er sich zu viele Feinde in Dublin gemacht. Im Gegenzug musste der Richter allerdings auch seinen Teil erfüllen, und die Beweise vernichten, beziehungsweise sie ihm zukommen lassen. Dazu gehörte der Name des Zeugen und der Degen mit dem Entengriff. Den Zeugen würde man beseitigen können. Die Akte selbst würde Duncan vernichten. Wobei, natürlich war dem Richter nicht zu trauen. Doch auch Ryker hatte schon einiges gegen den Richter gesammelt, was diesen wiederum den Posten kosten könnte.

Offiziell war der Anwalt Horatio Ryker nach London übergesiedelt und hatte seine Geschäfte in Dublin einem seiner fähigsten Mitarbeiter übertragen, um sich nun auch in der Hauptstadt einen glänzenden Namen zu machen.

Doch für sich selbst sinnte der Advokat nur auf Rache. Benjamin Jenkins, seine Frau Molly und dieser verdammte Lord, Sir William Godfrey. Das waren die Personen, die nun vernichtet werden mussten. Und dafür benötigte er Verbündete. Um den Richter würde er sich danach kümmern.

Hinzu kam, dass dieser treulose Hobbs verschwunden war. Kaum hatte man seinen Sohn auf ein Deportationsschiff gesteckt, war er untergetaucht. Auch ihn würde Ryker nicht einfach davonkommen lassen, er wußte zuviel. Als Vertrauter von Lord Godfrey war er von unschätzbarem Wert gewesen. Doch er war von seiner Lordschaft davongelaufen, und niemand wußte, wo er war. Ryker brauchte einen Plan, wie er ihn wiederfinden konnte. Dazu bedurfte es der Dienste von so jemanden wie einen Detektiv.

Sein letztes Ass im Ärmel war der junge Bonham aus Leinster. Ein Sohn eines kleinen Grafen, aus dem nichts richtiges geworden war. Mit einem kleinen Salär hatte ihn Ryker jetzt schon ein paar Monate über Wasser gehalten, natürlich alles auf Kredit. Offiziell war der Mann tot, umgekommen beim Brand eines Gasthauses. Was für Bonham im Moment besser war, als in Schuldhaft zu sitzen. Lange würde er ihn sich nicht mehr leisten, aber Ryker wußte noch nicht so recht, wie er ihn einsetzen sollte. Er wußte, dass Molly lebte und mit Ben in Schottland bei Lord Dunmore war. Diese Information war Ryker schon einiges wert gewesen. Aber nun musste Bonham etwas für Ryker erledigen. Oder besser, jemanden erledigen. Benjamin Jenkins. Ein Plan wäre, dem jungen Aristokratenspross eine große Summe zu bieten, und ihn dazu all seine Schulden zu erlassen. Im Gegenzug dazu sollte er diesen einen Auftrag erfüllen. Bonham kannte Ryker nicht persönlich, nur die Briefe eines Linkshänders, stets versehen mit ein paar Pfundnoten. Die Anonymität war

Rykers großer Schutz.

Als nun der Mittelsmann Hobbs weggefallen war, hatte Ryker jemanden anderen zur Aufsicht Bonhams abgestellt. Auch dieser war einst in den Diensten des Lords von Kerry und Killarney gewesen. Sein Name war John Harper.

Als Horatio Ryker an diesem Abend alleine in seinem Büro am Schreibtisch saß, nahm vor seinem geistigen Auge ein Plan Gestalt an, der ihm genauso genial wie teuflisch erschien. Bonham sollte nach Edinburgh reisen, und dort Benjamin Jenkins unter einem Vorwand zum Duell fordern. Da Duelle nicht verboten waren, würde der Sieger schlimmstenfalls zum Militärdienst gezwungen oder deportiert werden. Jenkins würde einen Militäreinsatz niemals lange überleben, geschweige denn ein Duell. Für den Fall eines Versagens würde Bonhams Begleiter Harper für einen Unfall sorgen. Sollte Bonham überleben, würde ihn Harper mit gefälschten Papieren in die Kolonien schicken.

Ryker wollte nicht nur, dass Jenkins starb, er wollte, dass seine Frau litt. Sie würde als mittellose Witwe leicht nach London zu bringen sein, hier würde Ryker dann ihr Schicksal besiegeln. Er würde sie ins Gefängnis stecken lassen. Ja, sie sollte leiden! Und sie würde schließlich unter Folter Godfreys Betrug verraten.

Ryker nahm ein frisches Blatt Papier zur Hand und begann einen Brief an Bonham zu verfassen.

Da klopfte es an der Tür.

»Verzeihen Sie die späte Störung, Mr. Ryker. Aber ich muss Sie dringend sprechen!«, sagte der Besucher.

»Harper! Was ist los, gibt es Neuigkeiten?«

»In der Tat, Sir. Unser gemeinsamer Freund hat sich wohl beim Spielen Feinde gemacht. Und nun sitzt er in Schuldhaft.«

»Das kommt uns wie gerufen. Ich denke, das Pflaster in London wird für den jungen Mann langsam zu heiß. Man sollte ihm etwas Abkühlung gönnen. Ist es nicht sehr angenehm frisch in Schottland um diese Jahreszeit? Nun gut. Dann soll es sein. Nehmen Sie einen Brandy, John. Ich schreibe unserem jungen Freund ein paar Zeilen. Wie hoch sind die Schulden?«

Harper schenkte sich ein Glas ein und setzte sich.

»Nun, es ist die Rede von über einhundert Pfund, Sir. Er hat es jetzt doch etwas übertrieben.«

»Hundert, sagten Sie? Eine stattliche Summe. Zusammen mit seinen anderen Verbindlichkeiten müsste es nun genügen. Sein alter Herr und seine Familie wird ihm nicht mehr helfen, schließlich gilt Bonham als tot. Wenn er nun zurückkommt, gibt das einen gewaltigen Skandal. Ich hingegen werde ihm einen Schuldenerlass meinerseits und eine Übernahme seiner Spielschulden anbieten. Im Gegenzug soll er dieses Papier unterzeichnen. Es ist eine, sagen wir, Hypothek. Aber auch diese kann er tilgen. Mit einem einzigen Schuss, sozusagen. Richten Sie ihm das aus.«

Harper grinste.

»Mit dem größten Vergnügen, Sir!«

Im Zentrum von London zu leben hatte sich Emily Collins wesentlich schöner vorgestellt. Aber der Dreck und Gestank hier in den Straßen war einfach unerträglich. Wenn es länger regnete, wurde zwar viel vom Unrat weggeschwemmt, und die Flut, die die Themse hinaufzog, bedeckte dann die schlammigen Ufer und nahm einen Großteil des Drecks mit sich. Doch bei Ebbe stank es dermaßen, dass man sich die Nase zuhalten musste. Dann dieser Lärm. Tag und Nacht polterten Fuhrwerke durch die Strasse, Händler schrien, Betrunkene grölten herum. Sie musste ihren Vater unbedingt dazu bringen, in ein besseres Viertel umzuziehen, hier konnte man doch nur krank werden. Dazu diese ständige Kriminalität. Seit sie hier waren, und es waren bereits vier Monate, hatte es in Tyburn, wo die Galgen standen, schon 27 Hinrichtungen gegeben. Eine abschreckende Wirkung war anscheinend nicht vorhanden, obwohl schon für kleinste Vergehen die Todesstrafe drohte. Jede Hinrichtung wurde wie ein Volksfest gefeiert. Buden wurden aufgebaut, Händler boten ihre Waren feil, an allen Ecken gab es zu Essen und zu Trinken. Es gab Leute, die Stühle auf den Hinrichtungsplätzen mit der besten Aussicht auf das Geschehen vermieteten. Und oft reichte es nicht aus, die Delinquenten zu hängen, man hatte ihr erzählt, dass es Bestrafungen gab, bei denen man die Hängenden kurz vor dem Ersticken abstützte, um ihnen dann die Gedärme herauszureißen, um sie vor ihren Augen ins Feuer zu werfen. Das sollte besonders abschreckend wirken. Trotzdem gab es hier immer mehr Verbrechen. Wobei es gleich war, Brot zu stehlen oder jemanden zu töten. Der Tod war die Strafe für beides. Ihr Vater arbeitete nun seit Januar für die Londoner Polizei und sie bekam ihn kaum noch zu Gesicht. Er ging früh morgens los und kam spät abends hungrig und müde nach Hause. Wie besessen arbeitete er an seinen Fällen. Sie machte sich große Sorgen um seine Gesundheit. Schließlich war er bereits Mitte Fünfzig. Auch zu Hause nach dem Abendessen wälzte er noch Akten und Dokumente. Heute morgen, nach einem kurzen Frühstück, hatte ihn Emily wie meistens zur Arbeit be-

gleitet. Diese lag im Regierungsviertel. Dort war alles
groß und prächtig. Die junge Frau war hier gerne unterwegs. Adam Collins arbeitete nun als Ermittler bei Sir
John Fielding, dem Initiator und Leiter des London
Metropolitan Police Service, auch »Bow Street Runners« genannt. Der Sitz dieses Dienstes befand sich im
Eckgebäude Whitehall - Great Scotland Yard. Collins
wurde von seinen Kollegen sehr geschätzt, galt er doch
als extrem zuverlässig und akribisch. Collins war nicht
etwa argwöhnisch beäugt worden, als er seinen Dienst
begann, sondern war trotz seiner Herkunft aus der Provinz und seines Alters sofort als vollwertiges Mitglied
der Ermittlungstruppe betrachtet worden. Seine lang-
jährigen Erfahrungen bei Militär, als Sheriff und als
Justizbeamter in Dublin wurden ihm hier hoch ange-
rechnet. Er hatte gleich eine leitende Stellung erhalten, was ihn ja schließlich hergelockt hatte. Seit seiner
Ankunft hatte er selbst auch schon viel neues kennengelernt, die Vorgehensweise der Bow Street Runners
war eine gänzlich andere als die der Justizhelfer an-
derswo. Die Unabhängigkeit des Service half gegen die
Korruption, die sich überall in das Gerichtswesen ge-
fressen hatte. Natürlich wurden überführte Verbrecher
weiterhin an die Gerichte übergeben, aber durch Be-
weissammlung, gute Detektivarbeit sowie Anwendung

144

neuester Techniken waren die Männer vom Scotland Yard, wie man sie umgangssprachlich auch nannte, wesentlich erfolgreicher als die ihrer Vorgängerinstitutionen.

Collins war der Abteilung für Kapitalverbrechen zugeordnet worden, wegen seiner Behinderung verblieb er jedoch im Innendienst. Trotz der großen Zahl an Verbrechen, an deren Aufklärung Collins arbeitete, gab es auf dessen Schreibtisch keine Aktenberge oder Papierstapel. Alle Vorgänge lagerten sortiert in einem hohen Regal mit vielen schmalen Fächern, die von A bis Z gekennzeichnet waren. Gleichzeitig gab es ein System der Priorisierung mit einem Farbcode.

Daneben hatte Collins ein paar Fächer für Fälle und Hinweise, die er »tote Spuren« nannte. Fälle, die bisher nicht abgeschlossen werden konnten, weil es seit langem keine Ermittlungsergebnisse mehr gab. In einem dieser Fächer hatte Collins einen Umschlag mit den Unterlagen aus Dublin über den ungeklärten Mord an einem Bettler abgelegt, die er aus Irland mitgebracht hatte. Es waren Vernehmungsprotokolle und Zeichnungen des Degens mit dem Entenkopf, die sein Mitarbeiter Stoves angefertigt hatte, als Erinnerung an diesen letzten ungeklärten Fall. Jeden Tag, bevor Collins nach Hause ging, sah er sich diese Fälle an. Falls ihm während eines Arbeitstages irgendetwas dazu begegnet war, würde er es spätestens am Abend zuordnen können. Zwei dieser »kalten Fälle« hatte er so schon gelöst.

Seine Erkenntnisse gab er direkt an den Leiter der Behörde weiter. Eben der, Sir John Fielding, selbst Richter und bemerkenswerterweise seit seinem neunzehnten Lebensjahr blind, beobachtete den Neuen genau, seine Arbeitsweise gefiel dem Gründer der Polizeieinheit sehr gut, seine Merkfähigkeit und seine genaue Vorgehensweise hielt Fielding für außerordentlich.

Adam Collins hatte an diesem Morgen einen Fall auf seinen Schreibtisch bekommen, der höchst geheimnisvoll schien. Es ging dabei um einen Mann, der im Gefängnis gesessen hatte und nun deportiert worden war. Eigentlich war der Fall abgeschlossen, der junge Mann war des Hochverrats angeklagt und verurteilt worden. Sir John persönlich hatte Collins gebeten, sich die Sache nocheinmal anzusehen, denn dieser Arthur Hobbs war sehr lange im Gefängnis gesessen, obwohl man ihn eigentlich sofort hätte hängen müssen. Es lagen Protokolle vor, die sogar ein Geständnis enthielten. Dann eine plötzliche Begnadigung und Umwandlung der Strafe in Deportation. Trotzdem war dieser Mann weiterhin in Haft geblieben. Die Deportation war immer wieder verschoben worden. Warum hatte es all diese Verzögerungen gegeben? Hatte man den Mann einfach vergessen? Das kam zuweilen vor. Aber fast vier Jahre? Sehr seltsam. Als Collins die Akte sichtete, fielen ihm gleich Lücken und Ungereimtheiten auf. Und es gab einen Bezug zu einer Anwaltskanzlei hier in London. Einige Scheiben dieser Kanzlei lagen den Akten bei, in diesen wurde weitere Zeugen genannt, Befragungen erbeten, Verzögerungen begründet. Collins notierte die Adresse, dazu auch die Namen aller in den Akten genannten Personen, Zeugen und Richter. Die Begnadigung lag allerdings vor, unterzeichnet von der allerhöchsten Instanz des Landes selbst: Dem König. Collins war scheinbar auf einen Justizfehler gestoßen, der tatsächlich nach Schlamperei oder sogar nach Verschleppung aussah. Fragte sich nur, ob absichtlich oder nicht. Collins wollte zuerst diese Kanzlei aufsuchen und bat Fielding um einen Mann zur Begleitung.

»Gut, Mr. Collins, das wäre dann wohl Ihr erster Einsatz im Außendienst. Nun, ich gebe Ihnen einen Mann mit, Mr. Black. Einen jungen Herrn, der etwas Erfahrung sammeln muss. Es wird sowieso Zeit, dass Sie einen Assistenten bekommen. Sie behandeln die Sache mit höchster Diskretion und erstatten nur mir persönlich Bericht!«, hatte Fielding auf das Ersuchen

Collins' geantwortet.

Unterdessen ging Emily spazieren, sah sich von außen die Privatresidenz des Königs und die angrenzenden Parks an, auf dem Heimweg wollte sie dann ihre Einkäufe erledigen. Ihr Vater hatte für sie eine Art Leibwächter angestellt, der ihr keinen Schritt von der Seite wich. Er hieß Noris und war in ihren Augen ziemlich dumm, weil er fast nichts redete und glotzte wie ein Fisch. Trotzdem war sie froh, dass sie hier nicht alleine herumlaufen musste.

»Noris, Sie könnten wenigstens fragen, ob Sie mir meine Einkäufe tragen sollen. Ein Gentleman tut so etwas!«, sagte sie ihm nicht zum ersten Mal. Der Mann schaute sie nur an und zuckte mit den Schultern.

»Ach, lassen Sie's! Da ist eh' Hopfen und Malz verloren!«

Es war bereits spät am Vormittag, als sie an diesem schönen Frühlingstag am Schlosspark entlanggingen. Wegen des schönen Wetters hatte sie ihren Spaziergang um einiges ausgedehnt. Mit einem Mal sah sie einen jungen, großgewachsenen Mann in Begleitung einer etwas kleineren, aber sehr hübschen Frau entgegenkommen, der ihr seltsam bekannt und vertraut vorkam. Als das Paar näher kam, erschrak sie und änderte sofort die Richtung. Noris war verwirrt.

»Was ist, Miss? Warum gehen wir jetzt nach links?«

»Scht! Leise! Ich will nicht, dass der Mann mich erkennt!«, flüsterte Emily und drehte ihren Kopf zur Seite.

Das Paar spazierte Arm im Arm weiter, redete angeregt miteinander und hatte das komische Verhalten der jungen Frau mit dem seltsamen Begleiter gar nicht bemerkt. Sie schienen ihrer Umgebung kaum Beachtung zu schenken.

»Endlich, ein paar Minuten nur für uns, Ben. Und das mitten in London. Ich hätte nie gedacht, einmal am Vormittag einfach flanieren gehen zu können, wie die feinen Leute«, hörte sie die Frau zu dem Mann sagen.

Er war es, kein Zweifel. Mehr als vier Jahre war es her, dass sie ihn das letzte Mal gesehen hatte, dreieinhalb seit seinem letzten Brief. Mitten in London lief er ihr nun über den Weg.

Es schien ihr, als würden Ihre Gefühle in ihr durchgeschüttelt. Sie blickte sich verstohlen nach dem Paar um und blieb stehen. Dann begann sie, den beiden zu folgen. Noris war zwar irritiert, aber sein Auftrag lautete, Miss Emily zu beschützen. Also ging er hinterher.

«Miss Emily! Was tun Sie da?«, fragte er schließlich, nachdem sie dem Paar bereits eine halbe Meile gefolgt waren und sich dabei immer wieder versteckten.

»Sei still, Noris Fischauge! Sie dürfen uns nicht bemerken!«, fauchte sie ihnen Bewacher an.

Noris schaute etwas bedröppelt drein, wollte Miss Emily aber nicht noch mehr verärgern. Collins zahlte schließlich gut und er hatte noch nie sein Geld so leicht verdient. An jeder Kreuzung hielt sie an und schaute verstohlen um die Ecke. Wohin gingen die beiden? Waren sie wirklich verheiratet? Hier in London war es nicht unbedingt so, dass jeder Gentleman mit der Dame, die er begleitete, verheiratet war. Das hatte Emily bereits herausgefunden.

Schließlich sah sie, wie die beiden ein Gasthaus ansteuerten, aber eines der besseren Sorte. Arm schienen sie nicht zu sein. Vor diesem Gasthaus trafen sie einen kleinen Mann, der sehr lustig aussah. Er trug einen blauen Anzug und hatte einen sehr großen, hellen Hut auf dem Kopf. Er begrüßte zuerst die Frau und dann Ben. Leider konnte sie nicht hören, was besprochen wurde.

»Benjamin Jenkins, Du Schuft! Was hast Du hier in London zu suchen? Und wer ist diese Frau?«, murmelte Emily. Unentschlossen spähte sie immer wieder zu dem Gasthaus. Aber jetzt war schon einige Zeit vergangen, sie waren in eine gänzlich andere Richtung gelaufen und sie musste auch noch einige Einkäufe machen. Darum entschloss sie sich, sich auf den Rückweg zu machen. Sie bedauerte es sehr, nicht in das Gasthaus gehen zu können. Aber die Gefahr, dass Benjamin sie dort erkennen könnte, war zu groß. Ihr Begleiter Noris hatte überhaupt nicht verstanden, warum sie diese Leute verfolgt hatten, aber als Emily ihm erklärte, dass dies eine Art Spiel sei, sozusagen eine detektivische Übung, welches sie mit ihrem Vater immer gespielt habe, hatte er keine weiteren Fragen mehr gestellt.

Adam Collins und Mortimer Black gingen vom Hauptquartier der Bow Street Runners direkt zu der Adresse der Anwaltskanzlei. Black, der gute Ortskenntnisse besaß, meinte, daß man die Strecke zu Fuß leicht in 20 Minuten schaffen könne. Als sie etwa zehn Minuten unterwegs waren, sah Collins auf der anderen Straßenseite Emily und Ihren Leibwächter. Collins wunderte sich sehr, dass die beiden hier in dieser Gegend unterwegs waren und rief zu seiner Tochter über die Strasse hinüber.

»Emily! Was tust Du hier?«

Emily errötete und ging schnell über die Straße zu ihrem Vater.

»Was macht Ihr hier in dieser Gegend? Ich dachte, Du wolltest gleich heute morgen Deine Einkäufe erledigen? Wie ich sehe, ist der Korb aber noch leer!«, fragte Collins seine Tochter vorwurfsvoll.

»Ich war spazieren und dann haben wir uns etwas verlaufen. Aber nun bin auf dem Heimweg«, log Emily. Einen Moment hatte sie daran gedacht, ihren Vater ins Vertrauen zu ziehen und ihm zu sagen, dass Benjamin hier in London war. Aber sie besann sich blitzschnell. Doch bereits diese wenigen Sekunden des Zögerns machten Collins misstrauisch.

»Hm. Warum habe ich Dir eigentlich Noris zur Seite gestellt? Sie kennen Sich doch aus, Mister Gunners! Wie kann ein Ortskundiger sich hier verlaufen?«

»Äh, ich, Sir , na ja, da waren diese Leute.«

»Noris meint, wir sind lieber da entlang gegangen, wo weniger los war. Dabei haben wir etwas die Orientierung verloren. Stimmt's, Noris?«, fiel ihm die junge Frau ins Wort.

»Äh, ja, genau«, sagte der Mann kleinlaut.

»Nun gut. Wie dem auch sei. Wir haben einen Auftrag und müssen jetzt weiter. Noris, Sie kennen jetzt den Weg?«, fragte der Vater streng.

Der Leibwächter nickte.

»Gut. Also dann, Black, gehen wir!«, befahl Collins. Collins Begleiter Mortimer Black hatte aber nur Augen für Miss Emily. Er schien seinen Vorgesetzten nicht zu hören. Dem Vater entging nicht, wie sich die Blicke der beiden jungen Menschen trafen.

»Mr. Black?«, hakte er ernst nach.

Der junge Detektiv zuckte zusammen, als habe man ihn aus den Träumen gerissen.

»Jawohl, Sir!«, antwortete er.

Der Gehstock

Unter der genannten Adresse gab es keine Anwaltskanzlei. Nur ein Mann, der dort wohnte, hatte angegeben, dass hier einmal ein Büro gewesen sei. Der Betreiber sei aber umgezogen. Nach einer Stunde war Collins mit seinem Begleiter zurück in Whitehall. Eine Kanzlei, die es nicht gab, war in den Akten einer Verhandlung über Hochverrat als Verteidigung vermerkt. Das war niemandem aufgefallen? Collins sah sich das Schreiben der fiktiven Anwaltskanzlei nocheinmal an. Es war eindeutig die Schrift eines Linkshänders. Die Handschrift war nicht sehr ordentlich, wie man es eigentlich von einer solchen Kanzlei erwartete. Aber inhaltlich war es perfekt formuliert. Der Verfasser war auf jeden Fall juristisch sehr bewandert. Das Briefpapier wurde von einer Art Wappen gekrönt. Es war aufgedruckt, scheinbar um dem Schreiben nocheinmal eine professionellere Note zu geben. Collins holte sein Vergrößerungsglas aus der Schublade und sah sich das

Wappen genau an. Es schien ihm ein Fantasiewappen zu sein, mit einer Waage und verschieden Tierdarstellungen. Konnte man vielleicht die Druckerei ausfindig machen? Er fand keine Hinweise. Das Papier wirkte ebenfalls besonders. Collins suchte es genau ab. Manche Papiermühlen hatten Wasserzeichen auf ihren Bögen. Und tatsächlich, auf dem Bogen war eine kleine Mühle mit einem Buchstaben zu sehen. Der Ermittler rief nach Mortimer Black.

»Mr. Black, bitte finden Sie heraus, woher dieses Papier stammt. Es hat ein kleines Wasserzeichen, hier unten rechts. Sehen Sie?«

Collins hielt dem jungen Mitarbeiter das Papierstück vor die Nase. Dieser nahm es entgegen, hielt es gegen das Licht und erkannte sofort das Zeichen.

»Ja, Sir. Aber das könnte eine Weile dauern. Es gibt hunderte von Papiermühlen im Großraum London.«

»Sie haben drei Tage Zeit. Und bitte vergessen Sie Ihre anderen Aufgaben nicht!«

Black wagte nicht zu widersprechen. Dieser Collins unterstand direkt Sir John Fielding und wenn man von solchen Leuten keine positive Beurteilung bekam, konnte man eigentlich gleich kündigen.

»Haben Sie noch Fragen, Black?«, fragte Collins den jungen Angestellten, da dieser zögerte.

»Äh, nein, Sir!«

»Dann an die Arbeit!«

»Sofort, Sir. Aber mir ist da etwas aufgefallen.«

»Ja?«

»Das Zeichen sieht nicht englisch aus. Sehen Sie, das Mühlrad wirkt eher gälisch oder keltisch. Es könnte sich um eine Mühle in Schottland oder Irland handeln.«

Collins nahm das Blatt nochmals in die Hand. Er nahm wieder seine Lupe und musste zugeben, dass der junge Mann recht hatte.

»In der Tat, Black! Sie haben sehr gute Augen. Also dann, suchen sie auch nach vergleichbaren Mühlen in Schottland und Irland.

»Sir, das wird Wochen dauern!« sagte Mortimer zu recht.

»Nun, wie gesagt, drei Tage!«

Black nickte nur und machte sich an die Arbeit. Dieser Collins musste verrückt sein. Selbst wenn er drei Tage und Nächte ununterbrochen arbeitete, konnte er nur durch Zufall auf die richtige Papiermühle stoßen. Trotzdem wagte er keine Widerrede.

Collins musste sich inzwischen auf andere Dinge besinnen. Ein Anwalt hatte sich für vier Uhr angemeldet, um die Aussage eines seiner Klienten zu revidieren.

Collins hasste diese Winkeladvokaten, die versuchten, schon im Vorfeld eines Prozesses die Polizeiarbeit zu behindern. Collins kannte diesen Mann nicht und auch den anderen Kollegen war der Anwalt weitgehend unbekannt. Er kam wie Collins aus Dublin und wollte sich nun auch in London einen Namen machen. Sein Name war Horatio Ryker. Der Mann war pünktlich und betrat selbstbewusst das Büro des Detektivs. Er war von kleiner Statur, war etwas rundlich und hatte ein freundliches Gesicht. Er trug eine graue Perücke und einen sehr gut sitzenden Anzug. In der linken Hand hielt er einen Gehstock, obwohl er augenscheinlich nicht an einer Gehbehinderung litt. Collins hatte sich erhoben, als der Gast eingetreten war und ihm einen Stuhl angeboten. Nachdem sie einander vorgestellt hatten, kam der Anwalt sofort zur Sache. Er wollte alle Beweise gegen seinen Mandanten einsehen und hatte ein Schriftstück dabei, welches das Geständnis des Mannes widerrief. Collins blieb nach Aussen ruhig und sah sich das Schreiben an. Dann stand er auf und holte die entsprechende Akte. Er entnahm dieser Akte das unterschriebene Geständnis und verglich die Unterschriften. Sie schienen identisch.

»Gut, Mr. Ryker. Ich nehme das Schreiben zur Kenntnis und lege es den Akten bei. Der zuständige Richter wird es beim Prozess beachten. Ansonsten kann ich nichts für sie tun, die Akten sind unter Verschluss.«

»Was soll das heißen? Sie müssen mir die Beweise gegen meinen Mandanten offenlegen. Wie soll ich ihn sonst verteidigen?«, sagte Ryker etwas unfreundlicher, »Das ist eine Behinderung der Verteidigung!«

»Mag sein. Aber ich habe meine Vorschriften. Guten Tag, Sir!«

Demonstrativ setzte Collins seine Brille auf und las in seinen Akten weiter.

Ryker war wütend. Er schlug mit seinem Gehstock auf den Schreibtisch.

»Mr. Collins! Ich protestiere in aller Form!«, sagte er laut.

Der Blick Collins' blieb an dem Gehstock hängen.

»Mr. Black?« rief er an Ryker vorbei seinen Mitarbeiter im Vorzimmer an.

Dieser kam gleich angelaufen.

»Sir?«

»Mr. Ryker möchte gehen!«

Black begleitete den Anwalt hinaus. Dabei packte er ihn etwas unsanft am Arm.

»Lassen Sie mich los, Sie Tropf! Ich finde selbst den Weg! Sie werden von mir hören, Collins!« rief der Hinausgeworfene.

Als Black zurückkam und meldete, dass Ryker das Gebäude verlassen hatte, wurde er erneut zu seinem Chef zitiert.

»Mr. Black, Sie lassen jetzt das mit der Papiermühle und folgen diesem Anwalt. Ich will alles über ihn wissen. Wo er sein Büro hat, wo er wohnt, mit wem er verkehrt, wo er zu essen pflegt, wer für ihn arbeitet. Sie erstatten nur mir Bericht, haben Sie verstanden?«, sagte Collins über den Rand seiner Drahtgestellbrille. Als der junge Gehilfe draussen war, lächelte er. Wieder ein Hinweis auf einen seiner ungelösten Fälle.

Der Auftrag

»Ich mache es! Sagen Sie Ihrem Auftraggeber, dass ich bereit bin, den Preis zu zahlen! Aber ich will eine zusätzliche Summe als Entlohnung. Und dieser Mann, der meinen Tod wollte, dieser Lord Godfrey, soll auch bezahlen. Immerhin habe ich seine uneheliche Schwester gefunden. Und zum Dank schickt er mir seinen Mörder auf den Hals!«

»Alles zu seiner Zeit, Mr. Bonham. Ihr geheimes Wissen über diese Dame ist weniger wertvoll, als Sie denken. Konzentrieren Sie sich auf Ihre Zielperson. Ihnen winkt doch schon ein Schuldenerlass. Noch dazu haben Sie die Schulden unter falschem Namen gemacht. Das alleine würde Sie an den Galgen liefern. Nun mussten wir Sie auch noch aus der Schuldhaft freikaufen. Ich verstehe nicht, warum Sie nicht mit dem Salär zufrieden waren, dass mein Auftraggeber Ihnen zur Verfügung stellte. Es war sehr dumm, es zum Spielen zu verwenden. Es wird keine weiteren Zahlungen geben. Allerdings kann ich mir vorstellen, dass sich der Auftraggeber nach getaner Arbeit nocheinmal erkenntlich zeigt.«

»Ihr Auftraggeber? Ich will endlich wissen, wer das ist, wenn ich mich schon zu seinem Gehilfen mache! Ich weiß ja nicht einmal Ihren Namen!«

»Den werden Sie auch nicht erfahren! Das ist Teil der Abmachung. Versuchen Sie nicht, irgendetwas herauszufinden. Sie würden es teuer bezahlen!«

Lester Bonham trank sein Glas aus. Hatte er eine Wahl? Nein. Doch er würde wenigstens die Möglichkeit haben, Rache zu nehmen. Gegen diesen Jenkins hatte er ja im Grunde nichts, aber wenn er sein verpfuschtes Leben wieder in den Griff bekam, dann war es ihm nur recht, dafür diesen Kerl aus dem Weg zu räumen. Danach stand ihm die Welt wieder offen. Er stellte sein Glas ab und nahm einen Gänsefederkiel zur Hand. Dann tauchte er die Spitze in das Tintenfass auf dem Tisch und unterzeichnete das Schreiben, dass ihm der Mann entgegen hielt. Darin erklärte Bonham den Willen, Jenkins zum Duell zu fordern, ihn zu töten und dann das Land für immer zu verlassen. als er fertig war, warf er den Federkiel auf den Tisch. ein hässlicher Tintenklecks war die Folge.

»Sehr schön! Sie werden nun auf weitere Anweisungen hier warten. Sie verlassen dieses Haus nicht, andernfalls wird man mir es melden. Machen Sie sich auf jeden Fall zur sofortigen Abreise bereit. Wenn wir herausgefunden haben, wo sich die Zielperson gerade aufhält, komme ich wieder.«, sagte Harper, pustete vorsichtig die Tinte auf dem Schriftstück trocken und faltete es sorgfältig. Ohne weitere Worte steckte es er ein.

Harper verließ Bonham. Er traute dem Mann nicht. Womöglich lief er wieder zu Godfrey und versuchte, erneut Geld von ihm zu erpressen. Darum hatte Harper einen Mann in der Gaststube unten abgestellt, der Bonham nicht aus den Augen lassen würde. Da es keinen zweiten Ausgang gab, konnte Bonham nicht weg. Notfalls sollte der Aufpasser Gewalt anwenden. Auch der Wirt war eingeweiht und gut bezahlt worden. Harper hoffte trotzdem, das Rykers Netzwerk möglichst schnell herausfand, wo sich Jenkins aufhielt. Ausserdem würde Harper Bonham begleiten, damit dieser nicht auf die Idee kam zu fliehen. Auch wenn er gerade ein Geständnis für einen Mord unterschrieben hatte, war sich Harper nicht sicher, ob Bonham nicht doch das Weite suchte.

Harper seinerseits hatte von Ryker eine zweite Chance nur bekommen, weil Ryker selbst aus Dublin fortgehen hatte müssen. Harpers amouröses Abenteuer mit Lady Agatha, Godfreys Frau, hatte ihn nicht nur den Job als Verwalter seiner Lordschaft gekostet, sondern ihn auch aller Reputation beraubt. Eine Empfehlung hatte er von seinem ehemaligen Arbeitgeber natürlich nicht bekommen, vielmehr hatte man ihn mit Schimpf und Schande aus dem Haus gejagt. Auch er hatte eine Rechnung mit Godfrey offen. Und Lady Agatha hatte ihn auch nur als Revanche für die Liebeseskapaden ihres Mannes benutzt. Als sei alles nur ein Spiel.

Natürlich stand auch er damals in zweierlei Diensten. Sein geheimer Auftraggeber war einst der gleiche wie heute. Obwohl er versagt hatte, hatte der Anwalt ihn weiter gestützt. Nun, da Harper völlig von Ryker abhängig war, bleib ihm nicht anderes als hündische Gefolgschaft. Harper wußte, Rykers Arm war lang, auch er würde ihm nicht entkommen können.

Nur eine Stunde später überbrachte er Ryker die Nachricht, dass Bonham bereit war.

Beschattung

Mortimer Black trieb sich nun schon eine Stunde vor dem Haus herum, in das der Anwalt Ryker gegangen war. Es war kein Geschäftsgebäude, sondern die private Adresse eines Aristokraten. Unschlüssig, was er nun tun sollte, lehnte er sich an einen der Bäume in der Strasse und kramte das Papierstück mit dem Wappen und dem Wasserzeichen hervor. Er las es mehrmals durch und war über die Formulierungen erstaunt. Sehr schlüssig wurde darin belegt, warum ein gewisser Arthur Hobbs einer Begnadigung zum Trotz noch in Gewahrsam verbleiben sollte. Der Verfasser konnte hervorragend argumentieren. Das Wappen auf dem Schreiben sah allerdings aus, als sei es einer Fabel entsprungen. Eine Eule, ein Löwe, ein Elefant. Alle diese Tiere rahmten eine Waage ein, die vermutlich die der Justitia darstellen sollte. Unter der Waage saß eine ganz klein gehaltene Ente. Alles war ineinander verschlungen und obendrein mit allerlei Verzierungen versehen. Einige der Tiere konnte er zuordnen, Klar, der Löwe stand für das aristokratische, das königliche. Der Elefant für Stärke und Kraft. Die Eule für Weisheit. Aber eine Ente? Vielleicht ein Wesen, dass in zwei Welten zu Hause ist? Über Wasser und unter Wasser? Mortimer fiel der Gehstock Rykers ein. Der Griff hatte wie ein Entenkopf ausgesehen. Was für ein Zufall. Bisher hatte er noch nie gesehen, dass sich jemand mit einer Ente schmückte.

In diesem Augenblick kam Ryker wieder aus dem Haus. Für eine Sekunde blickte er zu Black auf die andere Stassenseite. Dann schwang er seinen Gehstock und lief in die Richtung, aus der er gekommen war. Der junge Polizist versuchte, ihm zu folgen, aber Ryker schaffte es spielend ihn abzuhängen. Nach wenigen Straßenecken musste er aufgeben. Niedergeschlagen machte sich der junge Polizist auf den Rückweg zum Büro.

Ihm stand nun der peinliche Gang zu seinem Vorgesetzten bevor, die ganze Zeit überlegte sich Mortimer eine Ausrede.

»Aha, Mr. Black. Sie sind schon zurück? Das wundert mich nicht!«

»Ja, Sir. Es ist so, ich...«

»Schon gut. Er hat Sie bemerkt. Vor fünf Minuten war er hier und hat sich beschwert, dass ich ihn verfolgen lasse. Er hat mir seine Büro- und Privatadresse hiergelassen«, sagte Collins wie nebenbei, »Sie sehen also, es hat sich trotzdem gelohnt.«

»Jawohl, Sir!«, sagte Black peinlich berührt. Unschlüssig stand er da.

»Was ist? Haben Sie nichts zu tun?«, fragte Collins.

»Doch, es ist nur..., Sir, ich habe noch einige Ideen zu dem Brief, beziehungsweise zu dem Wappen.«

»Ja? Dann mal heraus damit!«

Mortimer Black kramte den Brief aus seiner Tasche und faltete ihn auf.

»Hier, Sir. Sehen Sie? Die Tiere auf dem Wappen. Die meisten lassen sich gut zuordnen. Der Löwe den Aristokraten, der Elefant dem reichen Bürgertum, die Eule steht für Bildung, der Affe für die ungebildete Masse...«

»Ja, und?«

»Sehen Sie diese kleine Ente unter der Waage? Was soll die Ente auf dem Wappen? Was bedeutet sie?«

»Die Ente...«, sagte Collins nachdenklich.

»Ja, Sir. Die Ente. Das kann doch kein Zufall sein. Die Ente steht für den Anwalt. Er verbindet zwei Welten miteinander. Wie die Ente, über Wasser...«

»und unter Wasser! Recht und Unrecht. Er dreht oben nach unten. Er geht den Dingen auf den Grund, dreht falsch zu richtig! Ein Mann wie...«

»Horatio Ryker!«, rief Black.

»Das ist möglich. Aber es ist nur ein Indiz, ein Hinweis,...«

»Kein Beweis!«, beendete Black den Satz des Vorgesetzten.

Dieser sah ihn zunächst mahnend über die Brille an, lächelte dann aber. Sir John hatte ihm einen guten Mann zu Seite gestellt.

»Sagen Sie, Mr. Black, wen hat unser Mr. Ryker denn besucht, bevor er Sie bemerkte?«

Kriegserklärung

Kurz zuvor:

Sir William Godfrey war in keinster Weise erfreut gewesen, als er erfahren hatte, wer da vor seiner Türe stand. Dennoch war ihm nichts anderes übriggeblieben, als den Anwalt aus Dublin zu empfangen. Er hatte noch etwa eine Stunde, bevor er ins Parlament musste. Da Lady Agatha sich hingelegt hatte, um sich auszuruhen, hatte es Godfrey für das Beste gehalten, den Stier bei den Hörnern zu packen und geradeheraus zu fragen, was Ryker wollte. Also hatte er ihn in den Salon bringen lassen und freundlich begrüßt.

»Horatio! Was für eine Freude. Ich habe schon gehört, dass Sie nun in London als Anwalt tätig sind. Das ist sehr schön. Ich hoffe, Ihre Kanzlei läuft gut?«

»Nun, ich kann nicht klagen, Sir William. Es ist so manches anders als in Dublin. Aufwendiger, teurer, aber auch mit mehr Möglichkeiten und Chancen!«, sagte Ryker zweideutig.

»Was für ein Geschwafel«, hatte sich Godfrey gedacht. Doch Ryker war sehr schnell zum Punkt gekommen.

»Es ist sicher nicht Ihrer Aufmerksamkeit entgangen, dass Mr. Jenkins wieder aus Amerika zurückgekehrt ist.«

»Wirklich? Was Sie nicht sagen! Wo ist er denn? In Irland?«

»Lassen wir die Spielchen, Eure Lordschaft! Er und seine Frau, Ihre Halbschwester Morgana, sind hier in England. Nach meinen Recherchen sogar hier in London.«

»Das muss ein Irrtum sein, Mr. Ryker. Morgana verstarb in Dublin an einem Fieber und wurde auch dort beerdigt. Ich ließ das sogar von einem Priester und einem Notar schriftlich bestätigen. Wollen Sie mich der Lüge bezichtigen, Sir? Ich glaube, es ist besser, Sie verlassen jetzt mein Haus! Sollten Sie das öffentlich behaupten, müsste ich Satisfaktion fordern. Und ich würde keine Sekunde zögern!«

»Ich weiß, das ist alles sehr unangenehm, Lord Godfrey. Denn besagtes Paar nächtigt in einem mir bekannten Londoner Gasthaus. Und wissen Sie was? Ihre schöne Schwester ist jetzt sogar eine berühmte Sängerin und gibt jeden Abend Konzerte! Wissen Sie, wie man sie nennt?

Die »Nachtigall aus Edinburgh«. Oder, »die schönste Stimme der Inseln«. Sie sollte Sie hören, Sir!«

»Raus! Verschwinden Sie, bevor ich mich vergesse!«, hatte Godfrey gebrüllt.

»Ach, übrigens, ich soll Grüße ausrichten. An Mylady. Von John«, hatte Ryker sanft säuselnd zurückgegeben.

»Was? Welcher John?«

»John Harper. Einer ihrer Geliebten. Ach, Sie wußten das nicht? Sie kennen ihn doch, oder? Er war Ihr Verwalter. Er hat sich anscheinend nicht nur um ihre Pächter gekümmert. Aber nun muss ich gehen. Auf Wiedersehen, Eure Lordschaft. Ich finde selbst hinaus.«

Lord Godfrey war wie versteinert zurückgeblieben. Es schien, als habe ihn dieser verdammte Ryker in der Hand. Erst als der Anwalt das Haus verlassen hatte, hatte der Lord sich gefangen. Er hatte geschrien und getobt, war zu seiner Frau ins Schlafzimmer gerannt und hatte sie zur Rede gestellt. Diese hatte zu den Vorwürfen einfach geschwiegen. Sie hatte die Affaire damals beendet und den Mann schließlich entlassen.

Da Godfrey aber zur Sitzungseröffnung in das Parlament musste, hatte er seine Wut fürs erste schlu-
cken müssen. Lady Agatha nutzte die Abwesenheit ihres Mannes, ließ die Koffer packen und reiste ab.

Satisfaktion

Wieder war der Konzertabend ein großer Erfolg gewesen. Ben und Molly hatten mit Hobbs einen Mann engagiert, der die Leute von Molly abschirmte. Er war der geborene Leibwächter. Groß und stark, aber mit hervorragenden Manieren, guten Umgangsformen und sehr höflich. Kein Wunder, hatte er doch jahrelang als Kammerdiener eines Lord gearbeitet. Er wußte, wie er mit Leuten der feinen Gesellschaft umgehen musste, genauso wie mit einfachen Menschen, Arbeitern, Seeleuten und Bauern. Molly hatte ihm einen dunklen Anzug besorgt, der ihm hervorragend stand. Frederic Hobbs war immer in der Nähe, wenn man ihn brauchte.

Da Molly sich tagsüber entweder um ihre Tochter Amanda Rose, die alle nur Rosie nannte, kümmerte, mit Mr. Pimble übte oder ein paar Stunden am Nachmittag schlief, hatte Ben jeden Tag noch etwas Zeit für sich. Dunmore war ebenfalls in London, und die

Kinder mussten von Ben nur von Montag bis Samstag unterrichtet werden.

Es war Sonntag und Ben ging am Nachmittag alleine im nahegelegenen Park spazieren. Er war in Gedanken und achtete nicht auf den Weg. Zu sehr war mit dem Artikel über das Messen der Längengrades auf See befasst, den er am Abend gelesen hatte. Dieses Thema schien ihm das dringlichste Wissenschaftsproblem der Zeit zu sein. Man erhoffte sich von der Lösung eine genauere Navigation auf See, vor allem, wenn wochenlang keine genaue Standortbestimmung möglich war. Umfassende Tabellen und schwierige Messungen der Monddistanzen machten bisher eine Art Standortbestimmungsbuch möglich, dass jeden Seemann in die Lage versetzte, seine Position bis auf wenige Meilen genau zu bestimmen. Aber die Methode hatte ihre Tücken, bei Neumond oder bedecktem Himmel funktionierte sie nicht. Nun hatte der Entdecker James Cook neuartige Schiffschronometer erfolgreich getestet, die den Bedingungen auf See gewachsen waren und exakt liefen. Man konnte somit die Zeit von Greenwich mitnehmen und so mit dem Unterschied zur Schiffszeit den Längengrad des Standortes errechnen. Dafür musste nur der Zenit des täglichen Sonnenstandes als Mittag bestimmt werden. Ein wichtiger Durchbruch für England als Seefahrernation und in der Vorherrschaft auf See!

Aber wie so oft, wenn man mit dem Kopf in den Wolken ist, passierten Dinge, die vermeidbar gewesen wären. Urplötzlich war ihm ein Mann im Weg, der sich anscheinend nach einer Münze bückte. Ben rannte ihn nieder. Der Mann stürzte zu Boden und beschmutzte seine Kleidung.

»Oh, verzeihen Sie bitte, Sir! Ich habe nicht aufgepasst. Es ist meine Schuld!«, entschuldigte er sich sofort und versuchte, dem Gestürzten aufzuhelfen. Diese stieß Bens helfende Hand aber beiseite.

»Dafür bezahlst Du mit Blut, Du Hund!«, rief der Mann äusserst aggressiv. Er rappelte sich hoch und Ben erkannte, wen er über den Haufen gerannt hatte.

»Mr. Bonham! Was tun Sie hier?«

Doch Bonham rief theatralisch in die Runde der Passanten:

»So ein unmögliches Verhalten! Ich verlange Satisfaktion, Sir!«

Er schlug Ben einen seiner beschmutzten Handschuhe ins Gesicht.

»Sie hören von meinem Sekundanten!«, brüllte er, »Morgen früh können Sie beweisen, ob Sie ein Gentleman oder ein Feigling sind!«

Ben stand verdutzt da und wußte nicht, wie ihm geschah. Das war doch niemals ein Grund für ein Duell. Doch der Handschuh und das Verhalten Bonhams ließen keine Wahl.

»Es sind ja wohl genügend Zeugen anwesend, die gesehen haben, dass Sie mich getreten haben, Mister!«

»Aber doch auch genügend, die gesehen haben, dass es ein Versehen war. Und ich habe mich bei Ihnen entschuldigt, Sir!«

»Ich nehme diese Entschuldigung aber nicht an! Für mich gibt es nur eine Wiedergutmachung! Das ist eine Frage der Ehre! Es gilt als abgemacht! Morgen früh hier an dieser Stelle im Park!«

Ein Raunen ging durch die Menge. Was für ein Schauspiel! Bis morgen würden hunderte davon erfahren.

Ben schüttelte den Kopf. Bonham musste verrückt geworden sein.

»Mr. Bonham, ich versichere Ihnen, wir können bestimmt eine gütliche Einigung treffen! Ich schlage vor...«

Doch Bonham schlug ihm erneut den Handschuh ins Gesicht.

»Halten Sie den Mund, Jenkins! Sie ehrloser Feigling! Morgen früh! Ich werde Sie töten!«

Benjamin musste irgendwie Zeit gewinnen. Und es durfte kein Publikum geben. Er fasste all seinen Mut zusammen und sagte ruhig und laut:

»Nun gut! Aber Ort und Zeit, sowie Wahl der Waffen steht mir zu, da Sie mich fordern! Geben Sie mir Ihre Adresse und ich schicke Ihnen noch heute meinen Sekundanten!«

Bonham grinste hämisch. Er gab Benjamin die Adresse eines Gasthauses und ging davon. Die Menschenmenge, die sich um die beiden gebildet hatte, zerstreute sich wieder. Leider gab es keinen Hinweis, wo das Duell stattfinden sollte.

Ben ging erhobenen Hauptes weiter. Als er um zwei Straßenecken gegangen war, verlor er die Beherrschung und erbrach sich in den Rinnstein. Eine nie gekannte Panik hatte ihn erfasst. Er wollte nur noch davonlaufen. Eine Stassenverkäuferin, die ihn beobachtet hatte brüllte ihn an, er solle nicht saufen, wenn er es nicht vertrage und vor allem ihr nicht vor den Laden kotzen.

Benjamin wischte sich den Mund ab und lief zurück zum Gasthaus. Molly und Mr. Pimble übten gerade an einem neuen Stück, als er in das Zimmer kam. Erschrocken hielten sie inne.

»Ben, Du störst! Ich dachte Du wolltest erst später zurückkommen. Meine Güte, wie siehst Du denn aus? Du bist ja ganz grün im Gesicht!«, sagte Molly.

»Mr. Pimble, würden Sie uns für einen Moment alleine lassen? Ich muss etwas dringendes mit meiner Frau besprechen!«, sagte Ben, anstatt Molly zu antworten.

Thomas Pimble zog die Augenbrauen hoch und stand von seinem Platz am Cembalo auf. Er hasste es, wenn Proben unterbrochen wurden. Als das er Zimmer verlassen hatte, berichtete Ben Molly von dem Vorfall im Park. Molly musste sich hinsetzen.

»Oh, Ben. Hört das denn nie auf? Wieso fordert Bonham Dich heraus? Er könnte doch auch zu anderen Mitteln greifen. Es bringt ihm doch nichts, Dich zu töten.«

»Ich weiß es nicht, Molly. Aber er war so voller Hass, ich konnte nicht mit ihm reden. Ich werde mich dem Duell stellen müssen, und Du musst in der Zwischenzeit fliehen!«

»Ach Ben, wohin denn? Es gibt keinen Ort auf der Welt, an den ich gehen könnte, ausser vielleicht Paytons Plantation. Aber die ist unerreichbar. Nein, ich werde Dir beistehen. Du brauchst doch einen Adjutanten. Das werde ich sein!«

»Was? Nein! Das geht nicht. Du musst mit Rosie fliehen. Hobbs soll Dich begleiten.«

»Nein, Ben. Ich laufe nicht mehr davon! Entweder

es gelingt uns, diese Sache mit meiner Herkunft endgültig zu beenden, oder wir sterben beide. Ben, ich bin mir sicher, Bonham wurde beauftragt. Wir müssen bis morgen herausfinden, von wem. Vielleicht können wir so das Duell verhindern. Doch zuerst müssen wir den Mann benachrichtigen, wo und mit welchen Waffen Du Dich duellieren willst.«

»Ich will ja gar nicht. Du weißt, ich würde als Waffe die Feder wählen und als Ort Irland«, sagte Ben.

Doch Molly überhörte diesen Satz einfach. Ben war und blieb ein Träumer.

»Wir schicken Hobbs als Boten. Morgen früh, gleich nach Sonnenaufgang. Und Du wählst Pistolen!«

»Aha. Tue ich das? Ich bin kein besonders guter Schütze, das weißt Du. Meine Chancen zu überleben stehen 1 zu 100. Einem Draufgänger wie Bonham wird die Waffenwahl egal sein. Und an Manipulation kann man ebenfalls nicht denken. Eine geladene und überprüfte Pistole für jeden. Und dann? 10 Schritte jeder. Macht 20 Schritt Entfernung. Ich treffe selten auf 20 Schritt. Molly, das kann nur schief gehen. Ich bitte Dich, nutze die Nacht und fliehe!«

»Ben, wie könnte ich die letzte Nacht, die wir miteinander bleibt, zur Flucht nutzen? Ich würde mir das niemals verzeihen. Ich bleibe bei Dir, entweder bis zum

Tod in einer fernen Zukunft oder ich sterbe morgen mit Dir!«

»Molly, nein! Auch wenn mir etwas passiert, Du musst überleben. Was soll den aus unserem Kind werden? Soll sie bei Pflegeeltern aufwachen, so wie Du? Das darf nicht passieren!«

»Ben, Du vergisst, ich hatte trotz allem eine unbeschwerte Kindheit in der Fischerhütte. Ja, es gab Hunger und es gab Tod und Krankheit. Aber wo gibt es das nicht? Ich erinnere mich an viele gute Tage.«

»Weil die Familie Malone Geld für Dich bekommen hat. Wir können das Amanda Rose nicht bieten. Ich kann nicht für eine Leibrente für unser Kind sorgen, wenn ich tot bin!«, sagte Ben resignierend.

»Ben! Was reden wir da? Noch gibt es Hoffnung. Du musst diesen Bonham im Duell besiegen. Ganz einfach. Dann sind all unsere Probleme gelöst!«

Benjamin schwieg. Er schüttelte nur den Kopf. Er wußte keine Antwort.

Nachtdienst

»Mr. Black!«, rief Adam Collins seinen Assistenten zu sich. Es war schon kurz nach sechs Uhr und eigentlich Zeit, den Arbeitstag zu beenden. Der junge Mann steckte umgehend seinen Kopf durch die Türe zu Collins' Büro.

»Sir?«

»Kommen Sie herein. Es gibt Arbeit!«

Mortimer Black baute sich vor dem Schreibtisch seinen Vorgesetzten auf und wartete auf dessen Anweisungen.

»Hier ist ein Haftbefehl für den Anwalt Horatio Ryker. Er wird des Betruges, der Nötigung, der räuberischen Erpressung und des Mordes bezichtigt. Sein Büro ist noch heute Abend zu durchsuchen und danach zu versiegeln. Alle Mitarbeiter, die sich in Diensten Horatio Rykers befinden, sind ebenfalls zu verhaften. Vom Sekretarius bis zur Putzfrau. Stecken Sie alle in den Kerker!«

»Jawohl, Sir. Dazu benötige ich aber mehr Männer!«

»Natürlich.«

»Äh, müssen wir nicht Sir John darüber in Kenntnis setzen, Sir?«

»Was meinen Sie, wer diesen Haftbefehl unterzeichnet hat? Sir John und Sir William Murray, oberster Richter der King's bench von Großbritannien! Genügt Ihnen das? Wir gehen da mit allen verfügbaren Männern hin. Ich würde sagen, Großalarm, mein Junge!«, sagte Collins mit einem Grinsen.

Nur wenige Minuten später waren alle verfügbaren Männer der Bow Street Runners unterwegs, um den Anwalt Horatio Ryker dingfest zu machen.

Zur gleichen Zeit tauchte in der Schenke »Howard's Inn« ein großgewachsener Mann auf. Die Kneipe war um diese Zeit gut besucht und der Wirt hatte alle Hände voll zu tun. Der neue Gast suchte einen Mann, den er sehr schnell an einem der Spieltische ausfindig machte. Er ging auf ihn zu und stellte sich neben den Tisch.

»Morgen früh, bei Sonnenaufgang am westlichen Ende des James Park! Pistolen, Mr. Bonham!«, sagte er so laut, dass alle Anwesenden verstummten. Bonham erkannte Hobbs sofort.

»Sie? Das hätte ich mir denken können! Nun gut, da Sie nun Ihre Pflicht erfüllt haben, können Sie jetzt gehen. Ach, übrigens, das hier ist Mr. Harper, mein Sekundant. Er ist Zeuge und wird sich um die Pistolen kümmern. Ich nehme an, Sie sind der Sekundant von diesem Feigling Jenkins?«

Hobbs nickte. Er musste sich beherrschen, diesem aufgeblasenen Kerl nicht direkt die Faust ins Gesicht zu strecken. So begnügte er sich, sie geballt an seiner Seite zu lassen. Doch er wußte, wenn Benjamin das Duell nicht überlebte, dann würde Bonham vor seiner Rache nicht sicher sein.

»Dann bis morgen, Mister!«, sagte Bonham und widmete sich wieder seinem Kartenspiel.

Hobbs wandte sich zum Gehen.

»Ach, übrigens, schöne Grüße an Sir Godfrey, Mr. Hobbs!« rief Bonham ihm hinterher.

Wie ein Blitz traf Hobbs die Erkenntnis. Er selbst hatte Bonham an Ryker ausgeliefert. Es war klar: Ryker steckte hinter dem Duell. Sofort fiel ihm eine Retourkutsche ein:

»Sehr liebenswürdig, meine Herren! Sagen auch Sie meine beste Empfehlung an Mr. Ryker, dessen Hunde Sie beide ja sind!«

Bonham sprang auf und warf dabei den Spieltisch

um. Die Mitspieler protestierten lautstark.

»Sie! Was erlauben Sie sich? Ich fordere Satisfaktion!«, brüllte Bonham Hobbs an. Fast hätte er sich auf ihn geworfen, doch der Wirt hatte sich mit einem Knüppel bewaffnet drohend in den Weg gestellt.

»Na, na! Eins nach dem anderen, Bonham. Wenn Sie morgen noch leben, können wir darüber reden!«, sagte Hobbs nur grinsend und ging.

Um genau sieben Uhr abends stürmten die Männer vom Great Scotland Yard die Kanzlei Ryker. Nur zwei seiner Angestellten waren noch anwesend und erschraken sich zu Tode, als die Polizisten in die Räumlichkeiten eindrangen. Ryker selbst war nicht da, er pflegte zu dieser Stunde im Wirtshaus gegenüber zu dinieren. Er sah von seinem dortigen Platz am Fenster aus sofort, dass die Polizei mit mindestens 20 Mann in das Haus eindrang. Berittene Polizisten sicherten zusätzlich die Strasse. Horatio Ryker hatte damit gerechnet, dass er eines Tages solch einen Besuch bekommen würde. Wenn die Polizei derart rabiat vorging, gab es wahrscheinlich genügend Beweise gegen ihn. Jetzt musste er kühlen Kopf bewahren. Um kein Aufsehen zu erregen, as er seinen Teller leer und winkte der Bedienung. Er würde wie immer in Ruhe zahlen und dann verschwinden. Ein Mann wie er hatte immer einen Fluchtplan. Das er allerdings schon jetzt auf ihn zurückgreifen musste, ärgerte ihn doch sehr. Dieser verdammte Collins. Scheinbar hatte man mit ihm endlich einmal einen fähigen Ermittler in den Reihen der Polizei. Nun, alles zu seiner Zeit. Collins würde auch seine dunklen Seiten haben, wie alle. Und er, Horatio Ryker, würde herausfinden, welche.

Nachdem er bezahlt hatte, nahm er seinen Hut und wollte gerade auch seinen Gehstock mit dem Entengriff von Haken nehmen, als ihm auffiel, dass dieser nicht dort war, wo er ihn hingehängt hatte.

»Suchen Sie das hier, Sir?«, hörte er eine Stimme hinter einem schweren Sessel neben der Garderobe. Adam Collins erhob sich, hatte den Gehstock in der linken und machte sich daran, den Griff mit Bajonettverschluss mit der Rechten abzudrehen und eine Dreiviertel-Fuß lange Klinge herauszuziehen. Doch leider kam nur eine Glasröhre mit Schnaps darin zum Vorschein. Verdutzt starrte Collins auf das Gefäß.

»Mr. Collins! Was für eine Überraschung. Sie haben meinen Stock gefunden? Wie schön. Würden Sie mir nun mein Eigentum zurückgeben?«, sagte Ryker mit freundlicher Stimme, »Übrigens, was ist denn dort drüben in meinem Büro los? Einen derartigen Andrang zu so später Stunde habe ich noch nie erlebt. Braucht die Polizei etwa meine Hilfe?«

»Horatio Ryker! Ich verhafte Sie hiermit wegen Betrugs, Erpressung, versuchten Mordes und Mord. Hier ist der Haftbefehl. Kommen Sie ohne Aufhebens mit!«

»Na, Sie sind mir einer! Das kann sich nur um eine Verwechslung handeln. Natürlich komme ich mit und bin Ihnen gerne behilflich, diese Irrtümer aus der Welt zu schaffen. Ich möchte nur noch diesen Brief an seine Majestät abgeben. Immerhin zähle ich zu den königlichen Beratern.«

Collins schluckte. Doch er fasste sich schnell.

»Wenn Sie erlauben, wird das einer meiner Männer für Sie erledigen. Nichts wäre mir unangenehmer, als wenn eine Botschaft seine Majestät nicht erreichen könnte!«

Collins nahm Ryker den Brief aus der Hand und erbrach das Siegel.

»Was tun Sie da, Collins? Sind Sie wahnsinnig? Sie können doch nicht einen Brief an seine Majestät einfach entsiegeln! Der Inhalt ist nicht für Sie bestimmt!«, rief der Anwalt nun wütend.

»Was ist los mit Ihnen, Mr. Ryker? Warum regen Sie sich so auf? Jeder weiß doch, dass solche Post immer zuerst von königlichen Beamten gelesen wird, die sie dann an unseren allergnädigsten König weiterleiten. Sieh an! Sie sind Linkshänder? Und was ist denn das? Eine neue Kanzlei? Seltsam. Sie ist mir gänzlich unbekannt. Oh! Was für ein schönes Wappen. Lauter exotische Tiere. Aber was ist denn das in der Mitte unter der Waage? Eine Ente? Dann dieser Text...«

Collins las laut vor:

»Sir!

Der Fall der Fälle ist eingetreten. Nun liegt es an Ihnen, Ihre Schuld zu begleichen. Ich erwarte Ihre Nachricht.

Ein immer wohlgesinnter Freund.«

Collins hielt Ryker den Brief unter die Nase.

»Alleine dieser Brief genügt für den Galgen, Ryker. Eine nicht existente Kanzlei, Lug und Betrug. So einen Brief an den König zu verfassen, ist eine nicht zu verzeihende Frechheit. Das Spiel ist aus!«

»Seien Sie sich da nicht so sicher! Ich habe Beziehungen zu den allerhöchsten Kreisen! Und ich kann Personen in den Abgrund reißen, die sicherlich Sie dafür verantwortlich machen werden!«

»So? Wen denn?«, sagte Collins nun und spielte den Gelassenen. In Wahrheit schlug ihm das Herz bis zum Hals.

»Das verrate ich nur gegen eine Garantie, dass Sie mir freies Geleit geben!«

»Sie haben komplett den Verstand verloren! Nennen Sie nur eine Person aus dem Adelsstand, die für Sie sprechen würde. Niemand wird Ihnen helfen.«

Ryker überlegte kurz. Dann erschien ein Lächeln auf seinem Gesicht.

»Fragen Sie Sir William Godfrey!«

Collins blickte Ryker streng in die Augen. Sie taxierten sich sekundenlang.

»Lord Godfrey? Warum sollte ich?«, sagte er schließlich.

In Rykers Blick erschien eine Spur des Triumpfes.

»Er wird für mich bürgen!«

Wiedersehen

Es war weit nach Mitternacht, als Adam Collins mit den Vernehmungen der inhaftierten Personen aus Rykers Umfeld fertig war. Nun wollte er unbedingt noch Lord Godfrey aufsuchen. Die nächtliche Stunde war ihm egal, in diesem Fall wollte Collins keine Zeit verlieren. Es war damit zu rechnen, dass Ryker noch irgendwelche Beweise seiner Unschuld vorlegte. Doch auch Ryker würde das erst am nächsten Tag bewerkstelligen können. Zumindest für diese Nacht war sichergestellt, dass er niemanden kontaktieren konnte. Collins wollte ihm unbedingt zuvorkommen. Jede Stunde zählte. Sein Assistent war müde und gähnte fortwährend und als sie endlich in einer Droschke saßen und sich zu Godfreys Stadtpalais bringen ließen, schlief er sofort ein. Collins weckte ihn unsanft, als sie vor dem Haus standen.

»Black! Sie müssen sich entscheiden, ob Sie lieber schlafen oder ermitteln wollen. Sollten Sie ersteres wählen, würde ich Sie sofort entlassen! Ihre Entscheidung!«

»Nein, Sir! Entschuldigung! Ich bin wach! Ich bin wach!«

Sie stiegen aus und gingen die Treppe zum Eingang empor. Es war ein stattliches Haus, sehr repräsentativ. Bereits das Eingangsportal mit den beiden mächtigen weißen Säulen, die ein großes Vordach stützten, vermittelte dem Besucher, dass hier eine sehr wichtige, vermögende Persönlichkeit wohnte. Eine große Laterne erleuchtete das Portal. Als er die Adresse erfahren hatte, war Collins sofort klar gewesen, dass Godfrey einen wesentlichen Karrieresprung gemacht haben musste. Natürlich hatte sich der Ermittler bereits über Godfrey erkundigt. Sie klopften zunächst dezent, dann etwas lauter an die Türe. Es dauerte endlose Minuten, bis ein Licht im Hausgang erschien und man ihnen öffnete.

»Im Namen des Königs! Gewähren Sie uns Zutritt zu diesem Haus! Ich bin von Sir John Fielding von der Londoner Polizei beauftragt, umgehend mit Seiner Lordschaft zu sprechen!«

»Sir, bei allem Respekt! Wissen Sie, wie spät es ist?«, fragte der Diener konsterniert.

»Das war keine Bitte, Mann! Wenn Sie heute Nacht nicht wegen Behinderung der Justiz im Kerker landen wollen, dann holen Sie Ihren Herrn her. Wecken Sie Seine Lordschaft! Sofort!«

Mortimer Black war erschrocken, welch harte Worte sein sonst so ruhiger und freundlicher Vorgesetzter jetzt sprach. Aber es war wichtig, hier klar und deutlich aufzutreten. Der Diener war zumindest so beeindruckt, dass er mit einem »Sofort, Sir, Selbstverständlich, Sir! Ich bitte um Entschuldigung, Sir!«, auf eine unterwürfige, kratzfüßige Art umschwenkte und sich beeilte, seinen Herrn zu wecken.

Dieser war alles andere als amüsiert, als er aus dem Bett geholt wurde. Doch als er in den Hausgang zu den nächtlichen Besuchern kam und Collins erkannte, änderte er sein Verhalten. Der joviale Politiker kam zum Vorschein.

»Sheriff Collins! Das ist ja eine Freude, Sie zu sehen. Ich habe schon gehört, dass Sie Sir John rekrutiert hat. Schließlich habe ich Sie ihm empfohlen. Aber hätte Ihr Besuch nicht Zeit bis morgen Früh gehabt? Ich muss schon sagen....!«

»Eure Lordschaft, es tut mir wirklich leid, aber ich komme in einer Angelegenheit, die keine Minute Aufschub erlaubt. Glauben Sie mir, auch in Ihrem Interesse, Sir!«, sagte Collins, wurde sich der Aussage des Lords aber erst eine Sekunde später bewusst. Godfrey hatte ihn empfohlen?

»Der gute alte Collins, immer geheimnisvoll. Wie geht es Ihrer hübschen Tochter? Ist sie schon verheiratet? Kommen Sie doch bitte in den großen Salon, legen Sie ab und nehmen Sie Platz, meine Herren. Aha, und Sie haben wieder einen jungen Mitarbeiter mitgebracht, wie damals den famosen Mr. Jenkins?«

Godfrey hatte mittlerweile gelernt, seine Emotionen zu kontrollieren. Im Gegensatz zu früher wußte er jetzt, dass er einen kühlen Kopf bewahren musste. Diese Herren kamen nicht zum Spaß.

»Hm, ja. Das ist Mr. Mortimer Black. Danke, Emily geht es gut. Aber kommen wir zur Sache, Sir!«, sagte Collins, der nun seinerseits um Fassung rang, »Sie kennen den Anwalt Horatio Ryker?«

Nun war Sir William doch perplex. Ryker. War es nun soweit? Hatte Ryker ihn angezeigt? Godfrey zögerte zu antworten.

»Nun, Sir? Haben Sie meine Frage verstanden?«, fragte Collins nun etwas ungeduldiger.

»Natürlich, Sheriff Collins. Ich kenne den Anwalt Horatio Ryker aus Dublin. Ich habe ihn bei einigen Gerichtsverhandlungen erlebt. Er hat spektakuläre Prozesse gewonnen. Ein außergewöhnlicher Mann.«

»Ich bin kein Sheriff mehr. Ich ermittle im Auftrag

der London Metropolitan Police. Nun, würden Sie für Ryker bürgen?«

Wieder zögerte Godfrey. Also keine Anzeige. Ryker schien selbst in Bedrängnis zu sein. Jetzt musste er sich entscheiden. Für oder gegen Ryker. König oder Dame. Die Chancen standen 50:50. Er überlegte, versuchte, Zeit zu gewinnen.

»Wie bitte? Wieso? Ich habe nichts mit dem Herrn zu schaffen. Wieso kommt er auf mich? Hat er irgendetwas gesagt?«

»Nicht direkt. Haben Sie ihn jemals persönlich kennengelernt?«

»Nun, er hat mir einen Mitarbeiter, den Sie auch kennen, abgeworben. Mr. Jenkins!«

»Was? Benjamin arbeitet für Ryker?«, fragte Collins erschrocken. Das konnte den Tod für den jungen Mann bedeuten.

»Nein, nein! Nicht mehr. Nach kurzer Zeit hat Jenkins das Arbeitsverhältnis beendet und ist nach Amerika gegangen. Aber mittlerweile ist er zurück, hat geheiratet und ist Vater geworden. Meines Wissens hält er sich zur Zeit sogar hier in London auf. Er arbeitet jetzt für Lord Dunmore, soviel ich weiß.«

»Ach? Hier in London, sagen Sie?«, Collins schweifte gedanklich ab. Jenkins verheiratet, Vater, hier in

London. Emily würde zusammenbrechen, wenn sie das erführe. Adam Collins wußte, dieser junge Mann hatte ihr das Herz gebrochen. Alle anderen jungen Männer hatte sie seitdem mit ihm verglichen und abgelehnt. Keiner war mehr für sie in Frage gekommen.

»Ähem!«, räusperte sich Godfrey, »Ist das alles, Mr. Collins? Ich würde noch gerne ein paar Stunden schlafen. Morgen habe ich einen schweren Tag.«

»Äh, ja, für den Moment. Sie werden also nichts für Mr. Ryker tun? Gut. Er sitzt jetzt sowieso im Kerker in Whitehall. Morgen sehen wir weiter. Mr. Black? Wir brechen auf! Mr. Black?«

Mortimer Black war wieder eingeschlafen. Doch bevor Collins ihn wecken konnte, klopfte erneut jemand an die Türe.

Wieder führte der Diener mit seinem Kerzenleuchter in der Hand jemanden in den Salon. Als die Gestalt die Mantelkapuze zurückschob, sprangen die beiden Männer auf.

»Morgana! Was in drei Teufels Namen. . . ?«, rief Godfrey.

Black schreckte hoch.

»Was, wo, wie?«

»Mr. Collins, Mr. Black, darf ich vorstellen? Meine Halbschwester, Misses Molly Jenkins, alias Molly

Malone, geborene Morgana Harrington!«

Die Herrn verneigten sich. Molly kam aber gleich zur Sache und wandte sich an den Lord:

»Es tut mir sehr leid, zu so später Stunde zu stören. Aber ich brauche Ihre Hilfe, Sir!«

Der letzte Morgen

»Sie sind betrunken, Bonham! Das ist sehr unvernünftig, die Nacht vor einem Duell zu durchzechen. Ich habe Sie gewarnt!«

»Ach was, Harper! Diesen Weichling fress' ich zum Frühstück! Ich hatte immerhin eine Glückssträhne heute Nacht. Noch nie habe ich soviel gewonnen. Ab jetzt wendet sich das Blatt. Ich muss jetzt nur noch Jenkins erledigen, und dann kann ich für immer verschwinden. West Indies, das klingt doch gut. Palmenstrände, schöne Frauen und Rum. Ha, genau so mach' ich das!«

Leister Bonham nahm einen weiteren tiefen Schluck aus der kleinen Blechflasche. Die kleine Lichtung am Ende des Parks war zu dieser Stunde noch menschenleer. Es hatten sich leichte Frühnebel gebildet, durch die die gerade aufgegangene Sonne schwach schien und alles in ein seltsames, rosafarbenes Licht tauchte. Erneut setzte Bonham die Flasche an.

Dann war sie leer.

»Wo bleiben der denn? Dieser Feigling! Die Sonne geht schon auf. Los, Harper, geben Sie mir eine der Pistolen! Ich will ein wenig üben. Wetten, dass ich diese Flasche treffe, wenn Sie sie in die Luft werfen? Sagen wir fünf Guinees?«

»Niemals, Bonham. Sie können ja nicht einmal gerade stehen!«

Harper gab Bonham eine der beiden Duellpistolen. Immerhin konnte es nicht schaden, wenn sich Bonham etwas einschoss.

»Bereit?«

Bonham nickte. Harper warf die Flasche in hohem Bogen in die Luft und Bonham schoß auf sie. Der Knall zerriss die morgendliche Stille. Der Behälter änderte im Flug abrupt seine Bahn und wurde in eine andere Richtung geschleudert, woraus zu schließen war, dass Bonham sie wirklich getroffen hatte.

»Ha! Haben Sie gesehen, Harper? Das macht fünf Guinees!«

Harper brummte mürrisch. Dass er seinen Namen Bonham verraten hatte, war ein Fehler gewesen. Dieser junge Adelsspross war unberechenbar. Als Harper die Flasche aufheben wollte, sah er eine weitere Droschke heranrollen. Der Duellgegner war da. Harper nahm Bonham die Pistole ab und ging zur Kutsche, um sie neu zu laden.

Als Ben und Hobbs ausstiegen, forderte der Kutscher seinen Lohn sofort ein.

»Versteh'n Sie mich nich' falsch, Sir, aber auch für die Rückfahrt bitte im Voraus. Sonst warte ich nicht!«, meinte er trocken.

Ben deutete das als kein gutes Omen. Auch der Kutscher ging also davon aus, dass sein Fahrgast die nächste halbe Stunde nicht überleben würde.

Hobbs bedachte den Mann mit einem vernichtenden Blick.

»Beachten Sie das gar nicht, Mr. Jenkins. Diese Fuhrleute sind allesamt Halunken!«

Der Kutscher zuckte nur mit den Schultern und strich seinen Lohn ein.

Bonham hielt sich etwas abseits und überließ Harper das Prozedere. Dieser begrüßte Ben und Hobbs kühl und begann die Regeln zu erläutern.

»Gentlemen, Sie haben nun die Gelegenheit, einander zu verzeihen und sich zu entschuldigen.«

Bonham schüttelte nur den Kopf.

»Niemals! Dieser feige Hund soll bluten!«, rief er.

Ben sagte nichts. Was hätte er auch tun können?

Er dachte an den Verwalter Harper aus Irland. War es der gleiche Mann? Natürlich, es konnte gar nicht anders sein. Ben fixierte den Sekundanten mit einem starren Blick. Dieser räusperte sich kurz und fuhr mit seinen Ausführungen fort:

»Nachdem dies nicht der Fall ist, bitte Ich nun Sie, Mister Hobbs, die Waffen zu überprüfen. Ich habe sie nach bestem Wissen und Gewissen geprüft und geladen.«

Mit diesen Worten reichte er Hobbs die beiden Waffen. Dieser überprüfte sie und erkannte indem er an beiden roch, welche der Waffen kürzlich benutzt worden war, denn den Schuss hatten sie in der Kutsche kurz vor ihrer Ankunft gehört. Sollte er deswegen das Duell für ungültig erklären?

»Mr. Harper, mit dieser Waffe wurde kürzlich geschossen, mit der anderen nicht. Gibt es hierfür einen Grund?«

Harper sah ihn sauertöpfisch an.

»Nun, Mr. Bonham hat aufgrund Ihrer Verspätung eine kleine Schießübung abgehalten. Ich wüßte nicht, was das ändern sollte!«

»Das ist eindeutig ein Vorteil für Ihren Mann. Ich verlange ebenfalls ein Schießtraining für Mr. Jenkins!«

»Das würde die Angelegenheit noch mehr verzögern.

Es ist schon spät...«

»Lassen Sie ihn, Harper! Ich will nicht, dass jemand behauptet, ich hätte ihn nur wegen einer eingeschossenen Waffe im Duell besiegt!«, sagte Bonham von der Seite.

Widerwillig nickte Harper Hobbs zu. Dieser ging mit beiden Waffen zu Ben und raunte ihm zu:

»Das ist unsere Chance, Master Benjamin! Jeder ein Schuss, Sie übernehmen Bonham, ich Harper!«

»Denken Sie nicht einmal daran, Mr. Hobbs! So ehrlos bin ich nicht!«, gab Ben zurück.

Ben zog seinen Gehrock aus, legte ihn über Hobbs' Arm und nahm eine der beiden Pistolen. Dann spannte er den Hahn und zielte auf einen Baum, der etwa 20 Schritte von ihm entfernt war.

»Na los, Jenkins! Drücken Sie endlich ab! Oder sind Sie sogar zu feige, auf einen Baum zu schießen?«, spottete Bonham hämisch grinsend.

Eine Sekunde überlegte Ben, ob er Bonham nicht doch einfach niederschießen sollte. Doch er zielte weiter auf den Baum. Dann drückte er ab. Das Steinschloss entfachte einen Funken, das Pulver in der Zündpfanne blitzte auf und die Treibladung im Lauf hinter der Kugel explodierte. Dieser Vorgang dauerte etwa eine viertel Sekunde. Der Rückschlag dieser schweren Pistole war gewaltig. Beinahe hätte er Ben die Waffe aus der Hand gerissen.

Die Kugel indes verfehlte ihr Ziel und schlug rund fünfzig Meter weiter hinten in einen anderen Baum.

»Na, zum Glück bin ich etwas breiter als dieser schmale Stamm. Oder haben Sie auf den Baum da hinten gezielt?,« rief Bonham und lachte.

Ben ging mit der Waffe zu Harper und gab sie zurück, damit dieser sie wieder laden konnte.

»Sie zieht etwas nach rechts, Mr. Hobbs. Das könnte unser Vorteil sein. Wir überlassen sie Bonham.«

»Gut, ich werde mich darum kümmern und diesen Harper nicht aus den Augen lassen.«

Hobbs übergab die Waffe Harper, damit er sie erneut laden konnte. Kurz darauf holte Harper die beiden Duellanten zu sich, um die Regeln zu erklären:

»Gentlemen, jeder von ihnen erhält nun eine geladene Waffe. Sie stellen sich Rücken an Rücken. Dann geht jeder 10 Schritt geradeaus. Ich werde zählen. Auf mein Kommando drehen Sie sich um. Auf ein weiteres Kommando meinerseits feuern Sie Ihre Waffe ab. Sollte einer von Ihnen meine Kommandos nicht abwarten und vorher feuern, ist das Duell ungültig und muss wiederholt werden. Sollte der Gegner bei einer solchen Aktion verletzt werden oder sterben, so gilt das als versuchter Mord, beziehungsweise als Mord. Die Sekundanten sind verpflichtet, diesen bei Gericht anzuzeigen. Haben Sie das verstanden?«

Beide nickten.

»Nun gut, dann beginnen wir!«

Drei Schüsse

»Verzeihen Sie, Miss, aber haben wir uns nicht schon einmal gesehen? Mir scheint, ich sah Sie beim Spaziergang im Park vor ein paar Tagen«, sagte Molly, die gegenüber von Emily in der Kutsche saß. Ihr war immer noch nicht klar, warum dieser Polizist seine Tochter zu so einem gefährlichen Einsatz mitnahm.

»Nicht daß ich wüßte, Madame. Vielleicht ein Zufall? Wissen Sie, hier in London kennt man niemanden und sieht doch jeden.«

»Miss Collins, ich muss schon sagen, ich bin sehr entzückt, Sie nach so langer Zeit wiederzusehen. Sie sind noch schöner, als ich sie in Erinnerung hatte. Oh, Miss Jenkins, das soll Ihre Schönheit nicht herabwürdigen. Im Gegenteil, ich befinde mich gerade in der Gesellschaft der schönsten Frauen Londons«, schmeichelte nun Sir Godfrey, der neben Molly saß.

»Sir Godfrey, Sie sind ein Schmeichler«, sagte nun Molly, »Aber ich frage mich, wieso Sie Ihre Tochter mitgenommen haben, Mr. Collins. Immerhin ist das hier doch ein Polizeieinsatz!«

Adam Collins saß neben seiner Tochter und hatte bisher weitestgehend geschwiegen. Dass Emily dabei war, passte ihm natürlich nicht. Aber er war selbst schuld. Schließlich hatte er ihr erzählt, dass es um Benjamins Leben gehe. Sie hatte darauf bestanden, dabei zu sein und hatte ihren Vater davon überzeugen können, dass sie womöglich Benjamin davon abhalten konnte, sich zu duellieren. Je länger er darüber nachdachte, desto unsinniger erschien ihm dieses Argument. Schließlich war Bens Ehefrau hier. Eine ehemalige Angebetete in dieser Situation auch noch zu präsentieren, war vielleicht dann doch zu viel und würde den jungen Mann womöglich in ein Gefühlschaos stürzen. Aber er hätte sie heute morgen alleine zurückschicken müssen, Gunners war an diesem Tag nicht aufgetaucht.

»Nun, Madame, ich äh, hatte meine Gründe. Dennoch sollten Sie beide in der Kutsche bleiben, bis wir Sie rufen. Das verstehen Sie doch, Misses Jenkins? Emily, keine Widerrede!«, sagte der Ermittler nun ernst.

»Aber selbstverständlich, Mr. Collins. Das werden die Männer schon regeln, Miss Emily«, meinte Molly, die nun eine Möglichkeit sah, mit Emily ein paar Worte unter vier Augen zu sprechen.

Als sie in den Park einfuhren, hörten Sie in der Ferne einen Schuss.

»Pistole, vermute ich«, sagte Godfrey trocken.

»Nur ein Schuss. Womöglich kommen wir zu spät...«, meinte Collins ernst.

Emily schloss die Augen. Tränen rollten ihr über die Wangen. Molly saß mit aufgerissenen Augen da und starrte aus dem Fenster. Irgendwie verspürte sie die Gewissheit, dass Ben noch nichts geschehen war. Trotzdem hatte sie große Angst.

»Schneller, Kutscher!«, rief Collins nach draussen.

Dieser knallte mit seine Peitsche und treib die beiden Pferde an. In wilder Fahrt ging es durch den Park, die ersten Spaziergänger des Tages mussten zur Seite springen.

Oben auf den hinteren Kutschersitz saß Mortimer Black und hielt Ausschau nach den Duellierenden. Schließlich entdeckte er zwei Droschken an einer Lichtung, die in der Nähe einiger Personen warteten. Gerade standen zwei Männer mit erhobener Pistole Rücken an Rücken, und begannen, sich schrittweise von einander zu entfernen.

»Da sind Sie«, brüllte Black, »Im Namen des Königs! Sofort aufhören! Herunter mit den Waffen!«

In dem Moment, als die beiden Männer sich umdrehten und die Waffen aufeinander richteten, erreichte die Kutsche den Ort des Geschehens. Harper drehte sich um und sah, wie Lord Godfrey aus der Kutsche sprang. Im folgte etwas unbeholfen ein Mittfünfziger, der scheinbar eine Behinderung an einem Arm hatte. Er konnte sich nur mit dem Rechten abstützen.

»Was zum Henker...?«, entfuhr es Harper.

»Was wollen Sie hier? Das ist eine Privatangelegenheit zwischen zwei Gentlemen! Ich muss Sie bitten, zu gehen!«

Aber Adam Collins beachtete ihn gar nicht.

»Mr. Jenkins, ich verhafte Sie hiermit wegen Falschaussage und Betrug. Legen Sie unverzüglich die Waffe nieder und kommen Sie mit!«

»Mr. Collins? Aber...? Was machen Sie hier? Ich verstehe nicht?«, stammelte Ben und ließ die Waffe sinken. Der Gehilfe Collins' nahm ihm die Pistole ab und entspannte den Hahn.

»Setzten Sie den Mann in die Kutsche, Black! Ich kümmere mich später um ihn!«, befahl Collins.

»Mr. Bonham, es tut mir sehr leid, aber aus Ihrem Duell wird leider nichts. Sie sehen, Ihr Gegner muss sich vor jemand anderem verantworten.«

»Das ist eine Unverschämtheit! Ich verlange...«

»Na, na, Sie werden doch einen Beamten des Königs

nicht in Ausübung seiner Dienstpflicht zum Duell fordern? Das wäre sehr töricht. Wo kommen wir denn da hin?«, sagte Collins in einem freundlichen Ton, »So. Und wer sind Sie, wenn ich fragen darf?«, sagte Collins.

»Mein Name ist John Harper, Sir. Ich bin nur der Sekundant von Mr. Bonham. Für mich ist diese Sache ja somit erledigt. Ich würde dann gerne gehen.«

»Nicht so schnell, Harper!«, rief nun Lord Godfrey. »Wissen Sie, ich kann es auf den Tod nicht ausstehen, wenn man mir Hörner aufsetzt!«

»Wie meinen?«

»Sie haben mein Vertrauen ausgenutzt, meine Frau verführt und vergewaltigt, Mister!«

»Das ist eine Lüge, ich tat nichts, was sie nicht wollte.«, gab Harper zurück.

»Sie geben es also zu! Nun, gut. Ich verlange hier und jetzt Satisfaktion!«, schrie nun Sir Godfrey.

Doch Collins schritt erneut ein. Nun wollte er doch noch seinen letzten Trumpf ausspielen.

»Schon wieder? Nein, nein! Jetzt muss ich intervenieren! Mr. Harper, ich verhafte Sie als Handlanger und Komplizen von Horatio Ryker, dem niederträchtigen Betrüger und Mörder!«

Er packte Harper am Arm und zog ihn weg.

»Unter uns, Harper, wenn Sie uns noch mehr Beweise gegen Ryker liefern, könnten Sie mit einer Verbannung davonkommen«, sagte Collins zu Harper, als niemand anderes zuhörte.

Nun kam Mortimer Black angelaufen und gestikulierte wild. Die Kutsche, mit der sie gekommen waren, fuhr davon.

»Mr. Collins, Sir! Sehen Sie doch! Dieser Jenkins flieht mit unsere Kutsche. Und der hat die beiden Ladys als Geiseln genommen!«

»Nur die Ruhe, junger Freund. Mr. Jenkins ist unter sicherer Aufsicht. Solange er in dieser Kutsche sitzt, kann nichts passieren«, meinte Collins mit einem Lächeln.

In diesem Moment löste sich ein Schuss. Die Männer erschraken und drehten sich um. Lester Bonham sackte zu Boden, aus einem Loch in seiner Schläfe pumpte Blut. Die Pistole war durch den Rückschlag aus seiner Hand geschleudert worden und lag nun einige Schritte entfernt ihm auf dem feuchten Gras.

Ben lehnte sich aus dem Fenster der Kutsche, als er den Schuss hörte und blickte zurück. Bonham war tot. Kreidebleich ließ er sich wieder auf das weiche Sitzpolster fallen.

Die Kutsche hatte beinahe das Ende des Parks erreicht, als Ben endlich den Mut hatte, etwas zu sagen.

»Molly, ich bin so froh, dass Du da bist. Das hast Du wunderbar gemacht. Ich hätte nicht den Mut gehabt, Deinen Bruder um Hilfe zu bitten!«

»Und ich muss Dir sagen, dass ich mich in Dir getäuscht habe, Ben. Ich hielt Dich oft für einen Waschlappen, einen Feigling. Heute hast Du schon wieder Dein Leben für mich auf's Spiel gesetzt. Auch wenn es sehr töricht war!«

»Ich sah keinen anderen Ausweg.«

Und was machen wir mit Ihr?«, sagte Molly und reckte das Kinn in Richtung Emilys.

Emily erschrak.

»Wieso mit mir? Ich habe nichts getan!«

»Sie lieben Ben immer noch, richtig? Oder warum sind sie noch unverheiratet? Wenn man einmal die große Liebe getroffen hat, vergleicht man alle anderen danach mit dieser, nicht wahr? Es tut mir leid, meine Liebe. Ich wußte nichts von Ihnen, mein Bruder hat mich aufgeklärt. Das Schicksal hat mich und Ben zusammengeführt. Es hätte auch Sie und Ben zusammenführen können. Ben hat sich entschieden. Ich habe mich entschieden...«, sagte Molly, »Ben?«

Benjamin sah Emily an. Sollte er Molly sagen, dass er immer an Emily gedacht hatte, wenn er und Molly sich gestritten hatten? Sollte er ihr sagen, dass er immer wieder daran dachte, wie es wohl mit Emily anstatt mit Molly gewesen wäre? Ben wußte nicht mehr, wo oben und unten war. Obwohl er saß, schien der Boden unter seinen Füßen zu wanken, sich aufzutun, um ihn zu verschlucken.

»Ben! Hörst Du nicht zu?«, sagte Molly laut.

Bens Blick war starr.

»Entschuldige. Was hast Du gesagt?«

Molly sah ihn an. Sie spürte, dass sich etwas verändert hatte. Sie sah ihn und Emily abwechselnd an. Sie atmete durch und sah aus dem Fenster auf die Straßen und Häuser der Stadt. Ihr war, als hätte man ihr ins Herz geschossen.

»Ich..., ach, vergiss es!«, murmelte sie.

Oktober 1778

Godfrey betrachtete das Jagdgemälde in der großen Halle des Schlosses. Ein stattlicher Hirsch wurde dabei von einer Hundemeute zur Strecke gebracht. Das Bild war riesig. Die Tiere waren lebensgroß gemalt und wirkten so lebendig, dass der anglo-irische Lord es fasziniert und gebannt anstarrte.

Diese Einladung nach Schottland zur Jagd kam ihm äusserst ungelegen. Sein Gastgeber war ein Konkurrent. Seine schottischen Minen lieferten beste Steinkohle, die in England sehr begeht war. Über das Meer, mit Kohlenfrachtern, die ihm auch gehörten, hatte er Produktion und Handel in der Hand. Dunmore war mindestens zehn mal reicher als Godfrey. Diese ganze Einladung war nichts anderes als eine Machtdemonstration.

Aber Godfrey wußte, je größer das Gebäude, desto höher der Aufwand, alles am laufen zu halten. Und auch Dunmore musste gegen Probleme kämpfen, wie

Wasser in den Gruben, Aufstände der Arbeiter, Schiffe, die alt wurden und auch einmal verloren gingen, und vor allem eine kostspielige Hofhaltung.

Und er selbst, Sir William Godfrey? War er der Hirsch oder gehörte er zur Meute? War dieses Bild als eine Metapher zu verstehen? Immerhin hatte es Rykers Meute nicht geschafft, ihn zu Fall zu bringen.

»Ah, Sir William! Da sind Sie ja! Großartiges Bild, nicht wahr? Hat zwar ein Franzose gemalt, aber trotzdem ein Meisterwerk, oder nicht?«, rief Sir John Murray quer durch die Halle, als er Godfrey sah.

Godfrey nickte:

»In der Tat, Sir John. In der Tat. Sehr lebensecht!«

Dunmore grinste.

»Aber morgen werden wir ja selbst dem Hirsch gegenübertreten!«

»So soll es sein, Sir.«

»Und für heute Abend habe ich noch eine Überraschung. Eine Sängerin aus Irland. Sie wird exklusiv für uns ein Konzert geben. Sie ist eine Schülerin von Mr. Thomas Pimble, dem Hofkapellmeister aus Edinburgh. Sie nennt sich Marian Wallace«

»Das ist sehr schön, das wird auch Lady Agatha gefallen«, gab Godfrey zurück. Diese ominöse Sängerin konnte nur Morgana sein. So würden sie sich also wiedersehen. Godfrey hatte im Frühjahr gehofft, dass sie ihm wie vereinbart aus dem Weg ging. Ob Dunmore wußte, wer sie war? Natürlich, ohne jeden Zweifel. Doch längst war diese Tatsache kein Problem mehr für Godfrey. Alle Beweise über ihre Herkunft waren vernichtet, Ryker schmachtete im Kerker, seine Hinrichtung nur eine Frage der Zeit. Das alles war vorüber wie ein böser Traum.

Was wohl aus Jenkins geworden war? Wie Godfrey gehört hatte, lebten sie getrennt. Sie war eine eine gefeierte Sängerin geworden, er arbeitete in London bei Collins. Sie hatte sogar ihr Kind bei ihm zurückgelassen. Von wegen ewige Liebe! Dem Lord entwischte ein Grinsen. Seiner eigenen Frau hatte er verziehen. Ihr Liebhaber hatte sein Leben in Tyburn am Galgen beendet.

Beim Dinner am Abend würde Morgana bestimmt auch teilnehmen. Ein Affront! Schließlich waren Lordschaften zu Gast, Sängerinnen niederer Herkunft hatte da nichts verloren! Diese Einladung hätte sich Godfrey gerne gespart.

London Winter 1778

Wieder war ein Konzert zu Ende. In einem der Hinterzimmer erholte sich die Künstlerin bei einem Glas Wein. Sie lag auf einem Divan, ihr Kleid verbarg ihre Weiblichkeit nicht. Bei ihr war ein junger, gutaussehender Mann.

»Was mein Mann macht, interessiert mich nicht, Lord Radnor. Ich lebe mein eigens Leben, verdiene mein eigenes Geld. Aber erzählen Sie von Sich, Sir! Sagen Sie mir nicht, dass Sie Ihrer Gattin jedes Detail Ihres Londonaufenthaltes berichten.«

»Nun, ich habe ihr erzählt, dass ich abends zu Konzerten gehe und mich auch in der Gesellschaft zeigen muss. Leider ist Lady Radnor dem Stadtleben wenig zugetan. Doch das gibt mir Gelegenheit, Zeit mit Euch zu verbringen, Madame.«

»Sir, Ihr seid durch und durch schlecht! Ihr macht mir den Hof, während Eure Gattin zuhause sitzt und stickt. Findet Ihr das schicklich?«, sagte die Sängerin mit gespielter Empörung.

»Und Ihr, Mylady, genießt Ihr es nicht, von einem Gentleman, und sei er noch so schlecht, vergöttert zu werden?«

»Es kommt darauf an.«

»Worauf, Miss Wallace?«

»Darauf, wie sehr Ihr mich vergöttert, Sir!«

Epilog

Sir John Murray, 4. Earl of Dunmore, der als letzter britischer Gouverneur Virginias in die Geschichte einging, und der später auch Gouverneur auf den Bahamas war, hatte viele Interessen. Ein ganz besonderes war seine Vorliebe für exotische Pflanzen, welche er aus vielen Teilen der Welt in seine Heimat brachte. In den ummauerten Gärten seines Anwesens gediehen seltene Arten. Mit hohem Aufwand betrieb er dieses Hobby, das zur damaligen Zeit bei Reichen und Adeligen sehr in Mode war. Zusätzlich ließ er in Dunmore Park ein Sommerhaus errichten, das genauso spektakulär, extravagant wie exzentrisch ist:

Die Dunmore Pinapple.

Bereits 1761 begann er mit dem Bau, vollendet wurde die Anlage mit der Kuppel 10 Jahre später. Das Bauwerk nahe der schottischen Ortschaft Airth ist heute Denkmal und beherbergt in seinen Nebengebäuden Ferienwohnungen.

Danke

Mein besonderer Dank geht an Klaus Pitz, der mir für dieses Projekt über Weihnachten einen Entengehstock mit Klinge erstellte.

Fast 2 Jahre an einem Projekt zu arbeiten, ohne zu wissen, wohin das führt, ist wie eine Entdeckungsreise im 18. Jahrhundert. Da ich so gut wie nie einen Plan oder ein Vorabscript erarbeite, lasse ich mich durch die Ereignisse in den Geschichten treiben. Das mag hin und wieder seltsame Wendungen ergeben, entspricht aber meiner Art kreativ zu sein. Wir wissen nicht, was uns bevorsteht. Das Leben ist wie ein Fluß, hinter der nächsten Biegung kann alles liegen. Doch es gibt zum Glück Menschen, die mich begleiten und die ich begleiten darf auf der Reise durch die gemeinsame Zeit. Ihnen gilt mein Dank.

Weitere Bücher des Autors:

5 BÄNDE BENJAMIN JENKINS
erschienen bei Books on Demand

Whiskey jar

Molly Malone

Spanish Ladies

Yankee Doodle

Loch Lomond

KIES VAN BEEK - TOD AN DER GRACHT
Kriminalroman
Erschienen bei Books on Demand

im April 2020
ISBN: 9783751921183

KIES VAN BEEK - GRAB IM MEER
Kriminalroman
Erschienen bei Books on Demand
im Mai 2021
ISBN: 9783753479323

ANDEO, FISCHERJUNGE
Band 1
Roman
Die Lebensgeschichte eines kroatischen Fischers
Erschienen bei Books on Demand
im August 2020
ISBN: 9783751960861